나가에의 심야상담소

나가에의
심야상담소

이시모치 아사미 지음
홍미화 옮김

RHK
알에이치코리아

차 례

R이 들어간
달을 조심하세요

마음만 먹으면 되는데도 언젠가는, 하면서 아직 못 한 일.

누구나 그런 문제 하나쯤은 가지고 있을 것이다. 나가에 다카아키에게는 '비데 버튼 누르는 일'이 바로 그것이다. 마음만 먹으면 할 수 있는 일인데도 대부분의 남자들이 습관처럼 하지 않는다.

나의 경우에는 그와 비슷하지만 조금 더 고상한 '생굴을 배불리 먹는 것'이다. 뉴욕의 오이스터 바에서라면 상당한 지출을 해야겠지만 집에서 먹으면 그리 많은 돈이 들지 않는다. 밖에서 술을 한 번 마시는 것보다 더 적게 든다. 월급을 받으면 한번 해 먹을 법도 한데 왠지 그게 잘 되지 않는다. 뭐, 그러니까 문제라는 것이겠지만.

그런 11월의 어느 날, 나가에로부터 문자 메시지가 왔다.

[주말에 집 근처 슈퍼에서 생굴을 싸게 판다고 하네. 넉넉하게 사 가지고 우리 집에서 굴 파티를 할까 하는데.]

마다할 이유가 없었다.

눈앞에는 말 그대로 한 무더기의 생굴이 쌓여 있었다.

팩에 담긴 굴을 재빠르게 씻어서 물기를 빼놓은 상태였다. 새삼 이렇게 많은 굴이 세상에 존재했던가 하고 생각되었다. 하지만 여기에 쌓여 있는 것은 틀림없는 굴이었다. 탁자 한가운데에는 위스키도 한 병 있었다. 굴에 어울리는 술로 준비된 스코틀랜드 아일러 섬의 싱글 몰트였다. 바다 내음이 나는 아일러 섬의 술을 고른 것으로 보아 굴을 실컷 먹자는 심산인 것 같았다.

"어때?"

오늘 자리를 마련한 나가에가 내게 물었다.

"보기만 해도 배가 부르지 않아?"

구마이 나기사가 껴들었지만 안타깝게도 나는 「감자죽」(1916년 발표된 아쿠타가와 류노스케의 단편소설. 고이라는 사람이 감자죽을 질리도록 먹고 싶다는 꿈이 있었으나 리징이 수년에 걸쳐 준비한 거대한 양의 감자죽에 그만 식욕을 잃어버린다는 내용—옮긴이 주)의 주인공은 아니었다.

"아무튼 먹어 치워 보자구."

나—유아사 나쓰미는 눈을 반짝이며 대꾸했다. 옆자리에 앉은 검은 머리칼의 미인을 쳐다보며. 오늘의 손님, 가시와기 히토에였다.

"어때? 괜찮겠어?"

그녀는 조용히 웃음을 지어 보였다.

"괜찮을 것 같아."

나가에가 말을 가로챘다. "괜찮다니?"

"그게 무슨 소리냐면." 내가 히토에 대신 대답했다. "굴을 먹고 식중독에 걸린 적이 있거든."

나가에, 구마이, 그리고 나는 대학 시절 술친구였다. 졸업 후에도 셋 다 도쿄에서 일하게 되어 기회가 있을 때마다 술자리를 갖곤 했다. 그런데 매번 같은 멤버만 모이다 보니 심심해져서 몇 년 전부터는 친구를 모임에 데리고 오기로 했다. 그 친구들과 새로운 화제로 얘기를 하다 보면 의외의 공통점을 발견하기도 해서 어느 결에 분위기가 무르익었다. 이번에는 내가 회사 동료인 히토에를 데리고 왔다.

"식중독이라고?"

나가에가 의아해했다. 히토에가 당황하며 웃어보였다. 눈썹이 너무 짙어서 히토에는 고민일지 몰라도 미간을 찌푸리며 살짝 웃는 모습이 꽤나 매력적이다.

"네. 너무 고생했어요."

"그랬겠네요."

구마이가 점잖게 고개를 끄덕였다. 구마이는 식품 회사에 다녀서 식중독에 관해 잘 알고 있었다.

"굴에 노로 바이러스가 있다고 해도 맛이나 향이 변하지는 않아. 그래서 모르고 먹게 되지. 체력이나 건강 상태에 따라 다르지만 일반적으로 복통, 구토, 설사가 계속돼서 무척 힘들어. 그렇지만 젊은 사람이라면 죽을 정도는 아니야. 더 무서운 건 패독(조개류의 독 ─ 옮긴이 주)이야. 유독 플랑크톤이 조개에 붙어살면서 복어 독에 맞먹는 독을 만들어 내는데, 그걸 먹고 사망하는 경우도 있어. 그렇지만 조개에 독이 있다 해도 출하 전에 검사하니까, 직접 채취한 게 아니면 우리가 먹게 되는 일은 좀처럼 없지. 그러니 가시와기 씨의 식중독은 패독이 아니라 노로 바이러스가 원인이었을 거야."

식중독에 관한 찜찜한 얘기를 한 후에 구마이는 나를 힐끗 보았다.

"그런 경험을 했으니 굴을 싫어하겠네. 너는 그런 사람에게 굴을 억지로 먹일 작정이었어?"

"날 뭘로 보는 거야."

나는 아랫입술을 내밀었다. "히토에가 원한 거야."

"맞아요." 히토에가 맞장구쳐 주었다. "말씀하신 대로 식중독에 걸린 후로는 굴을 안 먹었지만, 그 전에는 굉장히 좋아했어요. 기회가 있다면 트라우마에서 벗어나고 싶었어요. 인생의 즐거움 하나를 잃은 것 같았거든요. 그래서 나쓰미한테 주말에 굴 모임이 있다는 말을 듣고는 폐 끼치는 줄 알면서도 기회구나 하고 이렇게 오게 됐습니다."

"그렇군요." 나가에가 열심히 설명을 하는 히토에에게 감탄하면서 팔짱을 꼈다. "정말 적극적인 분이네요. 나쓰미의 친구로 보이지 않을 정도야."

"너한테 그런 소리 듣고 싶지 않다고."

내가 버럭 했지만 대꾸도 없이 나가에는 말을 이어갔다.

"그러면 오늘은 재활 훈련이라고 해 두죠. 생굴은 조금만 드세요. 익혀 드릴게요. 익힌 굴도 나쁘지 않아요."

나가에는 히토에 그릇에 생굴을 조금 덜어 주고, 나머지를 주방으로 가지고 가서 전자레인지에 넣었다. 정말 빈틈없는 녀석이다. 친구들 중에 가장 눈에 띄는 인재다. 악마가 맨발

벗고 도망갈 정도의 머리를 가졌으면서도 겉으로는 부드럽고 사근사근해 보인다. 히토에도 그런 모습에 속아 넘어간 듯 나가에에게 "고맙습니다." 하고 고개를 숙였다.

나가에는 현재 3층 건물의 꼭대기 층에 자리한 작은 원룸에 살고 있다. 비좁아 보이지만 혼자 살기엔 딱 좋다. 하지만 접이식 책상에서 혼자 식사를 하는 처지라 넷이서 둘러앉을 식탁 따윈 없다. 그래서 오늘 저녁에는 마루를 더럽히지 않도록 야외용 시트를 깔고 그 위에 캠핑용 탁자와 의자를 폈다. 소풍을 나온 듯이 설레긴 했지만 싸구려 느낌은 가릴 수가 없었다. "그럼 시작해 볼까."

나는 근엄하게 선언하듯 말했다. 손님을 데리고 온 사람이 모임을 시작하기로 했기 때문이다.

구마이가 위스키 마개를 열었다. 하얀 라벨에 갈매기가 그려진 보우모어Bowmore 12년산이다. "아일러산 중에서도 비교적 목 넘김이 편한 타입이라고 해요." 구마이가 설명해 주었다. 술을 고른 사람은 이번에도 구마이였다. 나도 마셔 본 적 있는 술이지만 굴하고는 처음이었다. 구마이가 양주잔에 보우모어를 따랐다.

눈앞에 네 개의 접시가 놓여 있었다. 앞 접시, 아구니(오키나와의 섬 중 하나―옮긴이 주)의 소금이 담긴 접시, 레몬 접시, 그리고 폰즈 소스 접시. 여러 가지 맛을 즐기라는 의미였다. 나는 커다란 굴 그릇에서 젓가락으로 굴을 하나 집어 앞 접시에 올려놓았다. 그리고 왼손으로 양주잔을 쥐었다. 아무것도 곁들이지 않은 채 굴을 입에 넣고 씹은 후 그대로 위스키를 한 모금 마셨다.

생굴은 아무래도 약간은 비리다. 그 비린 맛이 아일러의 바다 내음과 스모키한 풍미 덕에 사라지고 영양 가득한 농밀한 맛만이 입 안에 남았다. 그래, 내가 원하던 게 바로 이것이었다.

"와, 정말 맛있다." 구마이도 한숨을 섞어가며 감탄했다. "슈퍼에서 파는 굴이지만 굉장한데?"

정말 그렇다. 굳이 껍질째 있는 최상품일 필요는 없었다. 두 번째 굴을 집으면서 곁눈으로 히토에를 슬쩍 보았다. 히토에는 덜어 준 굴에서 가장 작은 것을 집었다. 젓가락으로 그것을 들고 가만히 바라보았다. 그리고 냄새를 맡았다. 역시 경계하는 눈치였다. 끝부분을 입에 가져가 앞니로 3분의 1 정도를 베어 물었다. 어금니로 잘게 씹고 위스키를 천천히 마셨다. 순간 그녀가 놀란 눈빛으로 나를 쳐다봤다.

"굉장히 맛있어."

오, 하는 탄성이 나왔다. 히토에는 망설임 없이 남은 부분을 마저 입에 넣고 위스키를 마셨다.

"맛있어." 히토에는 다시 감탄했다. "정말 오길 잘했네요."

"그렇게 말씀해 주시니 오히려 제가 감사해요."

이번 모임을 주선한 나가에가 안심하는 표정을 지었다.

"그럼 더 드세요. 익힌 굴도 금방 될 테니까요."

굴 파티는 화기애애한 분위기로 시작됐다. 나는 바라던 대로 배불리 굴을 먹을 욕심에 부지런히 젓가락을 놀렸다. 구마이가 옆에서 "너무 많이 먹으면 위장염에 걸린다고."라고 중얼거려도 상관하지 않았다. 무엇보다 구마이 자신도 똑같이 먹어대고 있었으니까.

접시를 반 정도 비우자, 나가에가 굴은 이제 좀 쉬었다가 먹자며 해초 샐러드를 나눠 주었다. 오늘은 바다 내음에 취하자고 작정한 날 같았다.

"가시와기 씨, 식중독에 걸렸을 때 말이에요."

해초 샐러드 그릇을 주방에 두고 오면서 나가에가 말했다.

"어떤 느낌이었습니까?"

"정말 힘들었어요."

히토에는 취기가 오른 얼굴로 웃었다. 제법 이 자리가 편안해진 모양이었다.

"정작 먹은 날은 아무렇지 않았는데, 이틀 후부터 감기에 걸린 것처럼 아프더니 그 다음엔 위로 아래로."

모두 웃었다. 젊은 아가씨가 할 말은 아니었지만 술의 힘으로 막역해져 버렸다.

"노로 바이러스가 틀림없어요. 잠복 기간이 48시간이니까요. 패독에 걸렸으면 먹자마자 바로 증상이 나타났을 거예요. 병원은 갔나요?"

구마이가 물었다. 히토에는 고개를 저었다.

"안 갔어요. 움직이기 힘들어서요. 구급차를 불러야 하나 싶을 정도였어요. 지금 생각하면 전화로 친구라도 부를걸 그랬어요. 그때는 그런 생각도 못했죠. 사흘이 지나서야 겨우 일어나 앉을 수 있었으니까요."

"집단 식중독이었습니까?"

나가에가 웃음기를 거두고 말했다.

"그렇다면 보건소에 가서 검사를 받았겠군요."

"아뇨. 그게……." 히토에는 곤란한 얼굴로 웃어 보였다. "저만 걸렸어요. 아는 분 댁에서 여럿이 함께 먹었는데, 식당이 아니어서인지 다 같이 보건소에 가는 소동은 없었어요."

"뭐, 같은 걸 먹어도 증상이 나타나기도 하고 그렇지 않기도 하는 게 노로 바이러스의 특징이거든."

구마이가 껴들었다. 나가에가 양주잔을 기울이다가 멈췄다.

"흠……."

진지한 표정이었다.

"가시와기 씨, 그때 상황을 얘기해 주시겠습니까? 괜찮으시
다면요."

순간, 히토에의 표정이 당혹스러워졌다.

"네, 괜찮긴 한데요……."

"부탁드릴게요."

나가에가 히토에의 잔에 위스키를 따라 주었다. 우리 셋은
원래 술꾼이란 걸 서로 알고 있었지만 히토에도 잘 마시는 축
에 속했다. 우리들과 같은 속도로 위스키를 스트레이트로 마
시고 있었다. 히토에는 다시 채운 잔으로 입술을 축였다.

"2년쯤 전, 같은 부서 선배가 새 집을 지어서 집들이를 했을
때였어요. 선배의 부인이 손수 요리를 했는데 그걸 먹고 식중
독에 걸린 거지요."

히토에는 지금은 나와 같은 자재 구매부이지만 그 전에는
영업부에서 사무를 맡고 있었다. 그렇다면 그 선배라는 사람
은 영업부 직원이라는 얘기다. 나는 영업부에 아는 사람이 없
어서 누구를 말하는지 알 수 없었다.

"그때 먹은 게 생굴이었나요?"

나가에가 묻자 히토에는 애매하게 고개를 저었다.

"생굴과 굴튀김이 있었어요."

"굴튀김이라……."

구마이가 중얼거렸다.

"생굴보다 굴튀김이 더 위험하다는 얘기도 있어. 노로 바이러스는 85도에서 1분간 가열하면 죽지만, 굴튀김은 안까지 충분히 열이 가해지지 않을 수도 있으니까. 사실 그래야 부드럽고 맛있긴 하지. 그렇게 굴을 설익혀 먹어서 노로 바이러스에 감염되기도 해. 하지만 패독은 열에 없어지지 않아. 그래서 더 무섭지."

히토에는 구마이의 말을 듣고 눈이 커졌다.

"아, 그래요? 근데 제가 먹은 건 생굴이어서 굴튀김은 원인이 아닐 거예요."

구마이가 고개를 떨구었다. 그럼 그렇다고 빨리 말할 것이지, 하고 말하고 싶은 기색이었다. 히토에는 이런 상황도 눈치채지 못하고 말을 이었다.

"그때 그 집엔 다섯 명이 있었어요."

히토에는 눈앞의 해초 샐러드를 가만히 바라보며 말했다.

"이름을 밝히기는 좀 그러니까 가명으로 얘기할게요. 집주인인 선배는 곤부(다시마), 부인은 와카메(미역). 함께 그 집에 몰려간 남자 사원 히지키(톳)와 여자 사원 메카부(미역 줄기) 그리고 저, 이렇게 다섯이었습니다."

칼로리가 낮은 것들이라고 구마이가 쓸데없이 덧붙였다.

"역에서 좀 떨어진 깨끗한 주택가에 지은 정말 멋진 집이었죠. 우리들은 와아, 하고 소리를 지르면서 집을 둘러보았어요. 처음에는 다 같이 구경하다가, 자주 본 적 없는 새로 지은 집에 매료된 우리는 신이 나서 맘대로 흩어져 돌아다녔죠. 곤부 선배는 점잖은 사람이어서 후배들이 설치는데도 괜찮다고 했어요. 그리곤 같이 서성이며 집을 지으면서 힘들었던 점을 자랑스레 말해 주었죠."

"그러고 싶었겠지."

내가 말했다.

"옆 부서의 가토 과장 있잖아. 그 사람도 정말 점잖은 사람이지만 집을 새로 짓곤 은근히 자랑하더라고. 나이 지긋한 가토 과장도 그러는데 젊은 곤부 씨가 자랑하고 싶은 건 당연하지."

히토에는 고개를 끄덕였다.

"맞아요. 아무튼, 그동안 부인은 점심을 만들고 있었어요. 제가 도와 드릴까요, 하고 물어봤지만 그분은 해감한 바지락과 굴을 물이 가득 찬 수조에서 건지며 손님에게 일을 시켜선 안 된다고 사양하셨어요."

남편의 회사 직원들이 집에 왔는데 안주인으로서 체면이

서지 않는다고 생각했을 수도 있다. 아무리 힘들어도 혼자서 하려고 했을 것이다.

"그때가 정확히 언제였습니까?"

"작년 4월이었어요."

"4월." 구마이가 중얼거렸다. "과연 R이 들어간 달이네요. 굴 먹기에 적합한 달이지요."

구마이는 "굴을 먹으려면 R이 들어간 달에 먹어야 해."라고 자주 말했다. 열두 달을 영어로 표기했을 때 9월부터 다음해 4월까지의 철자에 R이 들어간다. 지혜로운 옛사람들이 그렇게 서늘한 시기에 굴을 먹어야 한다고 일러두었단다. 4월은 April로 R이 있으니 굴을 먹어도 좋다, 이게 구마이가 말하고 싶은 바일 것이다. 요즘 일본의 유통 상황을 고려하면 그런 개념보다도 세일 기간을 기억해 두는 편이 낫다 싶지만.

"토요일 오후, 날이 화창하다 못해 좀 더운 날이었죠. 넓은 정원에 테이블이 펼쳐져 있었습니다. 와카메 씨가 점심 준비로 주방과 정원을 왔다갔다하는데도 곤부 선배는 돕지 않고 이리저리 돌아다니기만 해서 좀 안 됐다는 생각을 했죠."

결혼을 한다면 나는 반드시 집안일을 잘 도와주는 남편을 만나야겠다고 생각했다.

"전채 요리로 생굴이 나왔어요. 맑고 파란 하늘 아래, 백포도주를 마시며 굴을 먹는다는 게 와카메 씨의 계획이었던 것 같아요. 바라던 대로 분위기는 좋았습니다. 주방에서 와카메 씨는 '굴은 슈퍼에서 샀고 바지락은 선물로 받은 거예요. 뭐 그리 대단한 걸 준비한 건 아니고요.'라고 웃으며 말했어요. 와카메 씨는 조금 전 나가에 씨가 했던 것처럼 스티로폼 박스에서 꺼낸 굴을 채반에 담아 물에 씻어 유리 접시에 나누었습니다. 고급은 아니었지만 그날 먹은 생굴은 정말 맛있었어요. 대접받는다는 게 이런 거구나 하고 생각했죠."

오늘 우리가 준비한 것보다는 운치가 있었겠다고 내가 말하자 나가에도, 구마이도 크게 동의했다. 히토에는 조금 당황하며 말을 이어갔다.

"지금처럼 병에 담긴 시판용 레몬즙과 폰즈가 있었습니다. 드레싱도 있었고요. 곤부 선배는 생굴은 그대로 먹어도 맛있지만 들깨 드레싱이 의외로 괜찮다고 말했죠."

그렇구나. 정말 괜찮을 것 같다. 지금 있다면 한번 먹어 보고 싶다.

"드디어 잘 차려진 테이블에 모여 앉았습니다. 앞서 얘기했지만 식중독에 걸리기 전에는 굴을 좋아했어요. 그래서 식사가 시작되었을 때 저는 먼저 굴부터 먹었어요. 그런데 그게 잘못된 거였죠."

히토에의 입가가 살짝 틀어졌다.

"저는 곤부 선배가 권한 대로 들깨 드레싱을 찍어 한 입 먹었습니다. 생각보다 훨씬 맛있었어요. 그런데 선배가 갑자기 입에 넣은 굴을 뱉어 내며 맛이 이상하다고 했죠. 굴에서 신맛이 조금 난다는 것이었어요."

신맛이라면 굴이 상했다는 말인가.

"선배는 아무것도 찍지 않고 그냥 먹었어요. 그래서 알게 되었나 봐요. 함께 있던 히지키와 메카부 씨도 당황해서 집어 들었던 굴을 내려놓았죠. 와카메 씨는 아직 주방에 있었고요. 곤부 선배가 그런 말을 하기 전에 굴을 먹은 사람은 저밖에 없었어요. 저는 들깨 드레싱을 찍어 먹었기 때문에 굴에서 신맛이 나는지 몰랐습니다."

드레싱은 맛이 강해서 굴의 신맛 따위는 느낄 수 없었을 것이다.

"곤부 선배는 제게 괜찮으냐고 물었습니다. 사실 그때는 잘 모르겠더라고요. 꺼림칙하긴 했지만 맛이 이상한 건 못 느꼈으니까요. 그때 제가 걱정했던 건 와카메 씨였어요. 음식이 상했다는 건 주부로서 굉장한 망신이잖아요. 그래서 저는 그녀를 감쌀 생각으로 '괜찮습니다. 이상한 맛은 못 느꼈어요. 오히려 맛있는데요.'라고 대답했습니다. 거짓말을 한 건 아니고요, 사실 정말 맛있었어요. 하지만 선배는 매우 심각한 얼굴로 굴이 이상하니까 먹지 말라고 했습니다. 갓 만든 굴튀김을 가져왔는데도……. 누구라도 그랬겠죠. 신맛 나는 굴을 손님에게 대접할 순 없었을 테니까요. 부인은 창피하겠지만 집에 초대한 손님이 식중독을 일으키기라도 하면 곤란하니까 어쩔 수 없었겠죠. 생굴도, 그 굴로 만든 굴튀김도 전부 버렸습니다. 그날은 조개도 꺼림칙해서 굴 뒤에 내놓으려고 했던 봉골레 파스타도 미트 소스로 바꿨어요."

"아휴, 아까워라."

입에서 불쑥 생각지도 않은 말이 나왔다. 나는 생굴도 좋아하지만 봉골레 파스타도 굉장히 좋아하는 편이었다.

"곤부 선배와 와카메 씨는 걱정하는 눈치였지만 두 시간쯤 그 집에 머무르는 동안은 상태가 나빠지지 않아서, 식중독은 아니어 다행이라고 생각했어요. 구마이 씨가 말씀하신대로 바이러스의 잠복기가 이틀이라는 걸 아무도 몰랐으니까요. 저는 집에 돌아와서야 증상이 나타나기 시작했어요."

"그래서 증상이 나타난 사실을 곤부 씨에게 알렸나요?" 구마이가 굳은 얼굴로 물었다. 식품 회사에 다니는 사람들은 식품의 안전성에 매우 민감하다. 그러나 히토에는 고개를 저었다.

"말하지 않았어요. 회사 후배가 집들이 음식을 먹고 아프다는 사실을 부인이 알게 되면 너무 미안해할 것 같아서요. 저는 부부 사이를 나쁘게 할 생각은 없었습니다."

나는 감탄했다. 음식을 먹고 배가 아팠다면 보통은 상대를 원망하게 마련이다. 적어도 나는 그렇다. 하지만 히토에는 와카메 씨를 미워하지 않았다. 식중독이 심각한 상황에 이르지 않고 지나가서였는지 몰라도, 나는 그녀의 성격이 좋다고 생각했다. 내 생각을 얘기하자 성격 좋은 그녀가 고개를 저었다.

"하지만 사흘이나 회사를 쉬었기 때문에 히지키 씨와 메카부 씨가 눈치를 채고 곤부 선배에게 제가 노로 바이러스에 걸린 것 같다고 말했나 봐요. 며칠 후에 사과의 표시인지, 집들이에 와 준 답례라는 명목으로 엄청나게 비싼 선물을 보냈어요."

"그렇게 대충 마무리된 거예요?"

구마이가 계속 심각한 얼굴을 한 채 물었다.

"가시와기 씨나 곤부 씨 생각은 잘 알겠지만 그다지 맘에 들진 않네요. 그 굴에 노로 바이러스가 있었다면 같은 슈퍼에서 팔던 다른 굴도 감염되었을 수 있어요. 가시와기 씨는 그 사실을 알리고, 그 굴을 먹은 사람들이 신속한 케어를 받게 했어야 해요."

"그렇지만 구마이."

내가 말했다.

"그때 슈퍼에서 팔았던 굴을 먹고 식중독에 걸렸다는 소문은 들은 적이 없어. 다른 사람들은 괜찮았던 게 아닐까?"

"뭐 그랬을 수도 있지만."

그 정도는 나도 알아, 하는 듯이 구마이가 손을 내저었다.

"태도의 문제라고."

히토에가 미안한 얼굴로 고개를 숙였다. "미안해요. 다음엔 조심할게요."

손님이 미안해하자 이번에는 구마이가 움츠러들었다.

"비난하려는 게 아니라……."

그래 놓고는. 구마이는 학교 다닐 때도 고지식하고 말투가 직선적이었다. 불미스러운 일이 있을 때마다 나나 나가에가 고치라고 충고했기 때문에 조금 부드러워지긴 했지만 지금도 때때로 말에 가시가 돋았다.

"슈퍼에서 파는 굴이란 게, 위생 관리를 철저히 한다 해도 가끔 식중독을 일으켜."

나는 눈앞의 생굴을 보면서 말했다.

"조심해야겠지."

"그렇다고 네가 먹는 것을 마다하진 않을 테고."

구마이의 장난에 나는 가슴을 쭉 펴고 답했다. "당연하지."

"그래. 그렇게까지 신경 쓸 필요는 없어."

이제껏 입을 다물고 있던 나가에가 불쑥 말했다.

"그 슈퍼에서 잘못된 굴을 판 건 아니라고 생각해. 먹고 나서 배가 아팠던 사람은 한 사람도 없었으니까."

뭐라고?

나는 건성으로 듣고 있다가 그만 나가에의 말에 걸려들었다. 한 사람도 없었다고? 눈앞에 있는데. 굴을 먹고 식중독에 걸렸다는 사람 말이야. 나는 그렇게 말하고 싶었지만 나가에가 히토에의 차분한 얼굴을 가만히 바라보는 것을 힐끔거리느라 말할 기회를 놓쳐 버렸다. 나가에가 천천히 입을 열었다.

"가시와기 씨. 굴을 먹고 식중독에 걸렸다는 건 거짓말이죠?"

원룸에 침묵이 흘렀다. 나는 나가에의 말이 무슨 의미인지 알 수 없어 당혹스러웠다. 구마이는 양주잔을 쥔 채로 굳었다. 나가에는 히토에를 가만히 바라보고 있었고 히토에는 석고상처럼 움직이지 않았다.

"저기, 요스코."

구마이는 뭔가 마음에 들지 않을 때, 나가에長江를 '요스코揚子江'라고 부른다.

"무슨 말이야?"

"아냐, 아냐." 나가에는 히토에에게서 시선을 거두고 위스키를 마셨다. "가시와기 씨의 얘기를 듣고 있으니 그런 생각이 들어서."

"왜?"

내가 물었다. 항의에 가까운 말투였다. 손님을 불러서 얘기하라고 해 놓고, 거짓말이겠지, 이러는 건 대체 무슨 경우인가. 하지만 나가에는 아무렇지 않은 듯 스스럼없었고 히토에를 비난하는 투도 아니었다.

"구마이."

그는 질문한 내가 아닌 구마이를 향해 입을 열었다.

"지금 얘기를 듣고 뭔가 이상하다고 생각한 점 없었어? 그렇다면 네 회사 제품을 안심하고 먹을 수 없겠는걸."

심한 말이었다. 구마이는 시무룩한 표정을 지었다. "무슨 말을 하고 싶은 거야?"

"가시와기 씨의 이야기에는 모순이 있다는 말이야. 나는 그 점을 눈치 챈 거고. 이분과 너의 대화에서."

구마이는 어떤 반응도 하지 못한 채 눈을 동그랗게 뜨고 나가에를 바라봤다. 나가에는 머리를 긁적였다.

"가시와기 씨는 곤부 씨가 신맛이 난다고 했던 굴을 먹고 배

27

가 아팠다고 했어. 그 증상이나 잠복기로 봐서는 노로 바이러스에 의한 전염성 위장염이라고 생각돼. 하지만 아까 구마이가 노로 바이러스에 감염된 굴은 맛과 냄새로 판별하기 어렵다고 하지 않았어? 그런데 어떻게 신맛으로 알 수 있었다는 거지?"

"그건……." 내 입에서 생각지도 않은 소리가 흘러나왔다. 나가에 말이 맞았다.

"그 굴은 노로 바이러스와는 상관없이 그냥 상한 것이었는지 몰라. 그렇게 맛에서 느껴질 정도면 부패한 거지. 그런 상한 굴을 먹었다면 가시와기 씨는 불과 몇 분 만에 배가 아파서 뒹굴었을 거야. 그렇지 않았으니 굴은 이상이 없었던 거고. 이상도 없는데 신맛 나는 굴이 있을까? 여기서 가시와기 씨의 말을 다시 떠올려 봤으면 해. 지금처럼 테이블에 레몬즙이 놓여 있었다는……."

"요스코는." 구마이가 겨우 정신을 차린 모양이었다. 낮은 목소리로 말했다. "곤부 씨 굴에 레몬즙이 뿌려져 있었다는 거네."

나가에는 고개를 끄덕였다.

"그거야. 와카메 씨는 점심을 준비하면서 주방과 정원 테이블을 왔다갔다했어. 곤부 씨도, 손님들도, 돌아다니며 집을 구경하고 있었기 때문에 테이블 주변에 아무도 없는 순간이 있었겠지. 그때를 노려서 곤부 씨 굴에 레몬즙을 뿌리는 건 쉬운 일이야."

그런가. 곤부 씨는 생굴에 아무것도 곁들이지 않고 맛보려 했다. 그래서 신맛을 이상하게 여긴 것이다.

"……그건 누군가의 장난?"

내가 묻자 나가에는 애매하다는 듯 갸웃했다.

"장난일지도 모르지. 하지만 단순한 장난이라고 생각하기엔 좀 지나쳐. 생굴만이 아니고 그 후에 나올 굴튀김이랑 바지락까지 망쳤으니. 가벼운 장난이었으면 그 전에 얘기해 주고 분위기만 띄우고 끝냈겠지. 하지만 아무도 얘기하지 않았고, 곤부 씨와 와카메 씨는 엄청 망신스러웠을 거야."

"그렇다면 누군가 곤부 씨 부부를 괴롭힐 목적으로……?"

구마이가 씁쓸하게 말했다. 나는 슬쩍 히토에를 보았다. 그녀는 입술을 세게 깨물었다. 나가에는 고개를 갸웃했다.

"그렇게 생각할 수도 있겠지. 하지만 그렇게 결론짓기엔 수상한 점이 너무 많아. 우선 사건에 흑막이 있는 것 같아."

"사건의 흑막?"

나가에는 위스키를 한 모금 더 마셨다.

"가시와기 씨 얘기를 정리해 볼까. 두 명의 동료와 함께 회사 선배 집들이에 초대를 받아서 갔다. 그 집에서 생굴을 먹었는데, 굴이 시큼하다고 선배가 말했다. 그래서 만약을 위해 굴을 전부 버렸다. 그날은 별 탈 없이 지나갔지만 이틀 뒤에 증상이 나타나 집에서 혼자 앓았다…… 이런 얘기잖아."

나는 머릿속으로 히토에의 얘기를 다시 떠올려 보았다. 나가에의 요약은 틀림이 없었다.

"이렇게 되새기다 보니 흥미로운 사실을 알게 됐어. 선배의 집들이. 그 장소에는 다섯 명이 있었다. 모두 함께 점심 식사를 했다. 그런데 행동들은 다 제각각이었다. 생굴이 시다고 한 사람은 곤부 씨. 가시와기 씨는 이미 생굴을 먹은 뒤였다. 곤부 씨는 입에는 넣었지만 바로 뱉어 냈기 때문에 삼킨 것은 아니다. 히지키 씨도, 메카부 씨도 젓가락을 들다가 말았으니 안 먹었다. 와카메 씨도 음식을 준비하느라 바빠서 안 먹었다. 얼핏 자연스러워 보이지만 다섯 명이나 되는데 혼자만 굴을 먹었다는 것이 맘에 걸렸어. 어딘가 아귀가 맞지 않는 부분이 있는 것 같은……. 그래서 이야기를 다시 하나하나 떠올려 봤지. 그랬더니 딱 짚이는 데가 있었어."

"알아냈어? 아귀가 맞지 않는 부분을?"

"그래. 다만 장난친 쪽이 아닌 당한 쪽에서 발견됐어."

"당한 쪽……?"

다시 말해 곤부 씨 부부 쪽이라는 말인가. 내가 되묻자 나가에는 고개를 끄덕였다.

"와카메 씨는 혼자서 5인분의 점심을 만들었어. 너무 바빠 보여서 가시와기 씨가 도와주려고 했지만 손님에게 일을 시킬 수 없다며 사양했지. 그것은 자연스러워서 이상한 점이 없어. 하지만 거기에 뭔가 안 맞는 부분이 있지."

나가에가 구마이와 나를 번갈아 쳐다봤지만 둘 다 반응이 없자 실망한 표정을 지었다.

"와카메 씨가 '굴은 슈퍼에서 산 것'이라고 말했다고 했어. 가시와기 씨가 보는 데서 굴을 팩에서 꺼내 씻었고. 하지만 가시와기 씨가 그 전에 일을 도와주러 부엌에 갔을 때 굴이 해감한 바지락과 같이 물을 채운 수조에 들어 있었다고 했잖아."

"그, 그래……."

그랬었나. 나는 그 부분을 떠올리려 애썼다. 확실하지 않아서 히토에를 보았다. 그녀는 긴장한 얼굴로 고개를 숙였다. 구마이도 생각해 내려고 입술을 꽉 깨물었다.

"가시와기 씨는 봤지. 팩에서 꺼낸 굴과 수조에 들어 있는 굴. 굴은 두 종류가 있었어. 왜였겠어? 와카메 씨는 요리에 두 종류의 굴을 썼던 거야. 생굴은 생식용으로, 굴튀김에는 값싼 요리용으로 나눠서 준비했을까? 그랬다면 상한 굴은 생식용이니 요리용까지 버릴 필요는 없었겠지. 그럼 어떻게 나눈 걸까? 나는 이렇게 생각했어. 와카메 씨는 곤부 씨와 손님에게 줄 것으로 나눴다고."

히토에 몸이 움찔했다.

"그게 무슨 말이야?" 구마이가 몸을 앞으로 당겨 앉았다. "와카메 씨가 손님에게는 좋은 굴을 내놓고 남편인 곤부 씨에게는 신맛이 나는 굴을 내놨다는 거야? 아니면 그 반대야?"

나가에는 고개를 저었다.

"어쩌면 더 깊은 속내가 있었을지 몰라. 너도 한번 생각해봐. 한 가지 굴은 바지락과 같이 물을 가득 채운 수조에 들어 있었어. 바지락은 이해가 돼. 하룻밤 정도 물에 담가 두고 해감을 해야 하니까. 그런데 껍질을 까서 팩에 넣은 굴을 해감할 필요가 있을까?"

"……필요 없지."

"그렇지. 그럴 필요 없거든. 흐르는 물에 씻으면 그만이야. 그럼 와카메 씨는 왜 굴을 바지락이랑 같이 물에 담가 뒀을까? 여기서 생각해야 할 것은 바지락의 원산지야. 와카메 씨는 바지락을 누군가에게 받았다고 했어. 해감을 해야 하는 살아 있는 바지락을 다른 사람에게 준다는 건 어떤 경우일까? 어디서 받은 걸 나눠 준 것일 수도 있지. 그때가 4월이니 그

시기에 나오는 바지락이 어떤 건지는 잘 알고 있지?"

"그래, 개펄에서 캔 것."

나가에는 고개를 끄덕였다.

"그렇지. 와카메 씨는 아는 사람으로부터 개펄에서 캔 바지락을 받은 거야. 거기서 떠오른 게 바로 네가 말한 패독이야."

식사 전에 구마이가 했던 말이 나도 기억난다. "더 무서운 건 패독이야. 유독 플랑크톤이 조개에 붙어살면서 복어 독에 맞먹는 독을 만들어 내는데, 그걸 먹고 사망하는 경우도 있어. 그렇지만 조개에 독이 있다 해도 출하 전에 검사하니까, 직접 채취한 게 아니면 우리가 먹게 되는 일은 좀처럼 없지."

"개인이 직접 채취한 바지락은 패독이 있을 수 있다……."

구마이가 멍하니 중얼거렸다.

"그럴 가능성이 있지." 나가에가 되받았다. "조개잡이 행사에서도 패독에 감염되지 않도록 조개를 철저히 관리하거든. 하지만 어디서 캤는지 모를 조개는 좀 두렵지. 그렇다고 어디서 캔 거냐고 의심하는 건 좀 이상하잖아. 와카메 씨는 바지락을 어떻게 할지 고민했어. 그리고 드디어 쓸 곳을 생각해 냈어. 만약 바지락이 감염되었다면 해감을 하면서 패독을 내뿜겠지. 거기에 굴을 함께 담가 두면 패독이 굴에 스며들지 않을까?"

서늘한 기운이 등줄기를 순식간에 훑고 내려갔다. 나가에는 무엇을 말하고 싶은 것일까. 나의 등줄기는 이미 알아차린 것 같았다.

"곤부 씨에게 패독을 먹이려고……."

구마이가 겨우 입을 열었다. 나가에는 침통한 표정이었다.

"건강한 성인 남자가 노로 바이러스에 감염됐다고 죽는 것은 아니야. 그렇지만 패독은 다르지. 죽는 경우도 있어. 만약 곤부 씨가 패독으로 죽는다면 경찰이 어떻게 판단할까. 곤부 씨는 사망 직전에 생굴을 먹었다. 출하 검사에서 어쩌다 누락된 패독에 감염된 굴을 먹은 게 사고의 원인이다. 물론 집에 온 손님들도 생굴을 먹었지만, 아무 이상이 없다는 건 다른 굴은 괜찮았다는 것이니 그저 곤부 씨 운이 나빴던 것이다. 이렇게 사건을 종결했을 거야."

"……."

"와카메 씨는 봉골레 파스타를 내놓을 생각이 애초에 없었던 게 틀림없어. 미트 소스를 진작부터 준비하고 있었던 것 같으니까. 물론 바지락이 패독에 감염되었다는 증거는 어디에도 없어. 감염되었다고 해도 같은 수조에 담가 둔 것만으로 굴까지 패독에 감염될 가능성은 낮고. 와카메 씨는 그래도 상관없었어. '혹시나 남편이 죽어 준다면…….' 하는 작은 기대를 품고 있었을 뿐이니까. 그 부부를 직접 만난 적도 없고, 나는 독신이어서 부부 사이의 미묘한 사정은 잘 모르지만 집을 새로 짓는다는 건 결혼한 지 꽤 지나서야 하는 일이잖아. 그 부부는 권태기일지도 모른다는 생각이 들었어. 상대가 왠지 싫고, 없어지면 좋겠다는 생각을 하게 되는 시기라고."

"……."

나는 대꾸를 할 수가 없었다. 히토에의 이야기에서 와카메 씨가 '직장을 다니면서도 살림도 잘하는 완벽한 아내'라는 인상을 받았기 때문이다. 그러나 나가에는 그것을 와르르 무너뜨렸다. 독이 든 음식을 남편에게 주는 데 골몰한 무서운 아내로.

하지만 구마이는 다른 의견을 내놓았다.

"난 동의할 수 없겠는데? 네 말대로라면, 어째서 바지락을 먹이지 않은 거지? 그 편이 더 확실하잖아. 그리고 왜 가시와기 씨와 히지키 씨, 메카부 씨 등 다른 사람이 있을 때 그런 일을 하려고 했겠어?"

그러나 나가에는 의연했다.

"이유는 간단해. 곤부 씨가 죽었는데 바지락이 원인으로 밝혀지면 그걸 준 사람이 조사 받게 될 거 아냐. 아무도 그렇게 말하지 않아도, 그 사람은 자신이 곤부 씨를 죽였다고 생각할 거야. 와카메 씨는 그렇게 돼서는 안 된다고 생각한 거지. 그리고 또 한 가지. 곤부 씨 혼자 먹다 죽는다면 어찌 됐든 와카메 씨가 의심받을 수밖에 없어. 그렇지만 손님을 초대해서 함께 식사했는데 그런 일이 생긴다면 사고로 보일 가능성이 높지."

구마이는 반박하지 못하고 입을 다물었다. 나가에 이야기는 설득력이 있었다. 와카메 씨는 관계없는 사람까지 끌어들여 남편을 죽일 의지는 없었던 것이다. 그래서 바지락을 준 사람을 희생시키는 일은 피하고 싶었다. 또한 곤부 씨가 식중독으로 사망한다면 당연히 범인으로 지목되리란 것을 잘 알고 있었다. 그래서 그녀는 두 가지의 굴을 준비하는 수고로움을 마다하지 않았던 것이다.

잠시 시간이 흐른 뒤 나가에는 다시 입을 열었다.

"곤부 씨가 그렇게 사망에 이를 가능성은 제로에 가깝지. 하지만 제로는 아니야. 그렇기 때문에 와카메 씨는 실행에 옮겼어. 그리고 그것을 눈치 챈 사람이 있어. ……가시와기 씨, 어떻습니까?"

나는 히토에를 쳐다보았다. 히토에는 새하얗게 질린 얼굴로 아무 말도 하지 못했다. 나가에는 대답을 기다리지 않고 말을 이었다.

"가시와기 씨는 바지락과 굴이 같은 수조에 담겨 있는 것을 보았어. 그리고 그 의미를 생각해 봤지. 내가 지금 거슬러 생각해 본 것처럼. 가능성이 영 없지는 않다는 걸 알았지. 가시와기 씨는 곤부 씨가 생굴을 먹는 것을 막고 싶었어. 그 자리에서 굴이 상했을지도 모른다고 얘기할 수도 있었지. 하지만 손님인 자신이 그렇게 말하는 건 좀 지나치다고 생각했을 거야. 집주인이 직접 말하게 해야 했지. 그래서 테이블 주변에 아무도 없을 때를 틈타 곤부 씨 굴에 레몬즙을 뿌렸어. 식중독의 가능성을 아예 없애 버린 거야. ……저기, 혹시 곤부 씨를 좋아했나요?"

나는 놀라서 히토에를 쳐다보았다. 아내 있는 남자를 좋아했다고? 히토에는 묵묵부답이었다. 그저 양주잔을 만지작거리고 있을 뿐이었다.

"비약이 너무 심하잖아." 구마이가 끼어들었다. "여자가 남자를 도와주는 이유가 다 좋아해서만은 아니지."

"그래." 놀랍게도 나가에는 순순히 고개를 끄덕였다. "나도 그렇게 생각해."

"그럼 어째서……."

"내가 이런 생각을 한 건, 가시와기 씨가 굴을 먹고 식중독에 걸렸다고 했기 때문이야."

"뭐?"

나는 무슨 말인지 알 수 없었다. 나가에는 가볍게 숨을 내쉬었다.

"곤부 씨를 패독의 위험에서 건져 준 가시와기 씨가 노로 바이러스에 감염되었을 리 없어. 그건 대충 만든 멜로드라마에서나 나오는 얘기지. 그럼 왜 식중독에 걸렸다고 거짓말했을까? 나는 이렇게 생각했어. 그건 곤부 씨에게 잘 보이고 싶어서가 아닐까. 몸을 던져 당신을 지켰다는……. 하지만 가정이 있는 곤부 씨에게 직접 그런 말을 할 순 없었지. 그래서 히지키와 메카부 씨를 통해 전달되도록 한 거야. 짝사랑하는 여성이 할 수 있는 최선의 호소 같은 것이었지."

히토에는 고개를 숙였다. 손에 쥔 양주잔 속에서 아일러 섬의 위스키가 작게 흔들렸다. 나가에는 시선을 거두었다.

"가시와기 씨는 아프다고 화내지 않았어. 곤부 씨는 가시와기 씨의 행동을 보고 사실을 알게 됐을 거야. 후배 직원한테 노로 바이러스라는 얘기를 듣고 조사해 봤겠지. 그리고 이상한 점을 발견했어. 노로 바이러스라 해도 맛은 변하지 않는데 굴에서 신맛이 났던 거야. 이유를 생각하다가 자신이 굴 먹는 걸 가시와기 씨가 막으려 했다는 사실을 알아차렸어. 그리고 그 목적도. 굴을 준비한 사람은 아내였어. 그는 아내가 음식에

한 짓을 가시와기 씨가 알고 있었다고 생각했어. 그 후 부부 간에 어떤 말이 오갔는지 모르겠지만 그들은 헤어지지 않았어. 가시와기 씨가 받은 선물이 그 증거야."

며칠 후에 사과의 표시인지, 집들이에 와 준 답례라는 명목으로 엄청나게 비싼 선물을 보냈다고 히토에가 얘기했었다. 사실은 그렇지 않았다는 말인가?

"처음엔 나도 사과의 선물이라고 생각했지만. 비쌌다는 말에 혹시 다른 의미가 있는 건 아닐까. 그건 말하자면 입막음의 의사 표시라고 생각했어. 자신은 부인이 한 일을 덮을 것이고, 앞으로도 함께 살아갈 것이다. 그러니 그쪽도 모른 척하라는. 곤부 씨의 의사를 알게 된 가시와기 씨는 굴을 먹을 수 없게 되었어. 식중독에 의한 트라우마가 아니라 실연의 기억을 불러일으키는 고통이었던 거지."

나가에는 말을 마쳤다. 모두 아무 말이 없었다. 히토에의 잔에 물결 무늬가 생겼다. 그녀의 눈물이 술에 떨어진 것이다. 무슨 생각을 하는 것일까. 그 눈물은 나가에의 얘기가 전부 사실이라는 것을 의미했다.

흐음, 하는 소리가 들렸다. 나가에였다. 그는 부드러운 표정으로 히토에를 바라보았다.

"하지만 그로부터 2년이 흘렀네요. 가시와기 씨, 이제 다 떨쳐 버리지 않았나요? 그래서 생굴 파티가 있다는 말 같지도 않은 꼬임에 여기까지 온 걸 거예요. 그렇죠?"

히토에가 천천히 고개를 들었다. 눈에는 눈물이 고여 있었지만 표정은 밝았다. 그녀는 젓가락을 들고 내 그릇에서 생굴을 한 개 집어 입으로 가져갔다. 꼭꼭 씹어서 먹고 위스키를 한 모금 마셨다. 히토에는 짙은 눈썹에 힘을 주며 나가에를 향해 미소 지었다.

"정말 맛있어요."

꿈의 조각,
면의 조각

눈앞에 놓여 있는 것은 오렌지색 봉지였다.

장소는 언제나처럼 나가에의 원룸. 우리들은 술을 마실 때만 사용하는 캠핑용 탁자를 에워싸고 앉았다.

그리고 탁자 위에는 오렌지색 봉지 네 개. 그뿐이었다.

"이러니까 정말 이상해 보이네."

구마이가 중얼거렸다. 그것은 '치킨 라면'이었다.

이번 모임은 내가 아무 생각 없이 내뱉은 말로 시작되었다.

"맥주 안주로 제일 어울리는 게 뭔 것 같아?"

'맥주가 맛있어지는 계절'이라는 말이 있다. 조금만 뛰어도 땀이 나는 지금이 아마 그런 계절일 것이다. 그렇지만 냉방 시설이 잘 돼 있는 요즘엔 맥주의 계절이 특별히 있는 것 같지 않다. 나도 계절에 상관없이 온갖 안주에 곁들여 마신다. 그 가운데 맥주와 가장 잘 어울리는 안주는 무엇일까. 갑자기 그런 생각이 떠올랐다.

구마이가 복잡한 표정으로 고개를 갸웃했다.

"뭐가 최고라고 단언하기는 어렵지. 기온과 습도, 맥주의 종류에 따라 다르니까. 시간대나 같이 마시는 사람들에 따라서도 다르잖아."

식품 회사에 다니는 구마이가 원론적인 얘기를 하자 나가에는 웃으며 말했다.

"그렇게 어렵게 생각할 필요는 없어. 나쓰미 말은 그런 것을 전부 포함해서 어떤 음식이 맥주와 가장 잘 어울리느냐는 거잖아. 본인이 맥주 마실 때를 상상해서 딱 떠오르는 음식이면 될 것 같은데."

역시 나가에였다.

"그래서 뭐가 좋은데?"

"나는 교자가 좋아."

나가에가 조금 생각한 뒤 대답했다.

"예전에 후쿠오카에서 먹었던 교자가 맥주와 가장 잘 어울렸어. 이번 학회를 후쿠오카에서 해서 도착하자마자 그 식당에 가 봤는데 대를 이을 사람이 없어서 문을 닫았더라고. 그걸 알고 울어 버렸지."

교자 가게가 문을 닫았다고 울지는 않았겠지만 그 기분은 알 것 같았다.

"구마이는?"

"음……." 구마이는 다시 곤란한 표정으로 천장을 응시했다. "너무 평범해서 미안하지만 역시 견과류지. 그 중에서도 마카다미아 너트. 소금을 듬뿍 뿌린 게 좋아."

우리 셋 중에서 가장 술을 좋아하는 구마이다운 말이었다.

"나쓰미는?"

이미 준비하고 있었다. 바로 대답했다. "프라이드치킨."

"뭐야. 다들 너무 흔하잖아."

구마이가 말했다. "하긴 모두 정답이지."

구마이 말이 옳았다. 하지만 그만큼 우리들은 특이한 사람이 아니라는 얘기였다. 그러니까 대답도 상식선에서 벗어나지 않은 거겠지.

구마이는 뭔가가 떠오른 모양이었다.

"아, 맥주 안주로 좀 특별한 걸 먹는 녀석이 있어."

"특별한 거?"

"응. 회사 동기인데 너희만큼 술을 많이 마시진 않지만 맥주를 좋아하는 인간이지."

"참나, 남 말 하신다. 그래, 그 사람은 맥주 마실 때 뭘 먹는데?"

내가 상상한 것은 양갱처럼 달거나 메뚜기 조림 같이 특이한 음식이었다. 그런데 구마이 입에서 나온 단어는 의외였다.

"치킨 라면."

"치킨 라면?"

나가에는 같은 말을 반복했다.

"그, 끓는 물 부어서 3분 뒤에 먹는 거?"

"그래."

구마이가 고개를 끄덕였다.

치킨 라면. 일본이 세계적으로 자랑하는 발명품이다. 인스턴트 라면의 시초라고 한다. 나는 인스턴트 라면이나 컵라면을 즐기지 않지만 물론 먹어 본 적은 있다. 음식 이름을 들은 순간, 나의 머릿속에는 그 유명한 오렌지색 줄무늬 포장이 떠올랐다.

그러면 구마이의 친구는 라면을 후루룩거리며 맥주를 마신다는 말인가. 라면 가게에서 자주 보는 광경이기는 했다. 정답에 가까울 수는 있겠다. 하지만 특별한 음식이라고 말하긴 어렵지 않을까. 내가 그렇게 지적하자 구마이는 고개를 저었다.

"아니, 그 녀석은 뜨거운 물을 붓지 않아. 그냥 먹지."

"그냥?"

너무 의외여서 목소리가 비난하는 말투 같아져 버렸다. 인스턴트 라면을 그대로 먹는다고? 그렇게 먹어도 맛있을까? 그보다 그대로 먹어도 괜찮은 건가?

"아니, 저기."

나가에가 나를 진정시켰다.

"치킨 라면은 면을 튀긴 거잖아. 스프가 따로 있지 않고 면에 스며들어 있어서, 만드는 방식이 본질적으로는 과자와 같다고 볼 수 있어. 그러니 그냥 먹어도 이상할 건 없다구."

"그래도 이상한데."

말은 그렇게 했지만 나는 흥미를 느꼈다. 맥주와 같이 먹으면 무슨 맛이 날까.

"그 사람과 우리가 잘 맞을 것 같아?"

"응. 그렇게 이상한 녀석은 아니야."

"그럼, 다음 술자리에 초대해서 '생라면 시식회'를 열어 보자."

그렇게 된 것이었다.

남자 손님은 평범해 보였다. 다소 작은 몸집에 둥근 얼굴의 그는 선량한 미소를 짓고 있었다.

"처음 뵙겠습니다. 쓰카모토라고 합니다."

구마이의 동료 쓰카모토 씨는 언뜻 보기에 성격이 좋은 것 같았다. 그러나 이 사람은 치킨 라면을 생으로 먹는 사람이다.

나가에가 잔 네 개와 가정용 맥주 서버를 들고 왔다. "자, 이 것으로 준비 완료."

나가에는 맥주를 잔에 따라서 세 사람에게 정중히 건넸다. 그리고 자신도 맥주를 들고 자리에 앉았다. 아침부터 분주했을 것이다. 참 바지런한 친구다. 학창 시절부터 악마에게 영혼을 팔아 두뇌를 샀다고 소문난 인간으로는 보이지 않는다.

나가에가 앉자 구마이가 입을 뗐다.

"자 그럼, 오늘은 쓰카모토도 왔고, 여러분들도 치킨 라면에 맥주 마시기를 열렬히 바라고 있으니."

구마이의 시선이 쓰카모토에게 향했다.

"쓰카모토만의 방식을 소개하겠습니다."

"먹는 방식이 뭐……."

쓰카모토는 곤란한 표정으로 말했다.

"그렇게 대단한 건 아닙니다. 그냥 먹으면 돼요."

그는 치킨 라면 포장지를 양손으로 찢고 면을 꺼내 우리들에게 보여 주었다.

"보세요. 치킨 라면은 이런 둥근 모양이죠? 이대로 먹기는 불편하니까 나름 궁리를 해 봤어요."

그는 면을 다시 봉지에 집어넣고 양손으로 주먹을 쥔 채 갑자기 그것을 때리기 시작했다.

어안이 벙벙해진 우리를 곁눈질하며 그는 말없이 치킨 라면을 계속해서 내리쳤다. 봉지가 너덜너덜해지자 쓰카모토는 동작을 멈추고 후우 하고 숨을 내쉬었다.

"이렇게 먹기 쉬운 크기로 만드는 겁니다."

나가에가 일어나 찬장에서 큰 접시 네 개를 꺼냈다. 그 중 하나를 쓰카모토 씨에게 건넸다. 그는 고맙다고 말하고 접시에 라면을 부었다. 부서진 치킨 라면이 차르르 소리를 내며 접시 위로 떨어졌다. 동그란 원형이었던 면이 무참할 정도로 잘게 부서졌다. 접시에 쏟아 놓으니 면이라기보다는 우유를 부어 먹는 시리얼 같았다.

"과연."

나가에가 중얼거리며 치킨 라면을 들고 오른손을 움켜쥐었다.

"이렇게?"

말함과 동시에 쓰카모토 씨처럼 면이 든 봉지를 내리쳤다.

구마이도 따라했다. 하는 수 없이 나도 같이 치킨 라면을 공격했다.

누가 봤다면 이상한 광경이라고 했을 것이다. 젊은 남녀 네 사람이 한 방에 모여 앉아 다 같이 라면 봉지를 때리고 있는 모습이라니. 공포 영화보다는 부조리극의 한 장면에 가까울 것이다.

"다 됐을까?"

나가에가 봉지를 뜯어 부서진 면을 접시에 부었다. 나도 똑같이 했다. 대충 쳐서 부서진 모양이 제각각이었다. 조금 불길한 느낌이 스쳤지만 오늘 안주는 이것뿐이었다.

"자, 먹어 볼까."

구마이가 잔을 들며 권했다.

"건배."

남은 세 명이 따라 외치고, 수상한 파티가 시작되었다. 나는 접시를 내려다보았다. 손으로 집기 힘들 만큼 작은 라면 조각도 있었다. 먼저 1센티쯤 되는 면을 손가락으로 집어 그대로 입에 넣고 씹어 보았다.

처음엔 면이 부서지는 느낌이 났다. 그 다음으로 짠맛, 기름맛 그리고 강한 스프 맛이 입 안에 퍼졌다. 딱 과자 같았다. 꿀꺽 삼키고 맥주를 마셨다. 혀에 남은 염분과 기름기를 맥주가 훑어내 입 안에는 스프 맛만 좋게 남았다.

"우와, 이건." 나가에가 감탄하며 말했다. "중독될 것 같은 맛인데요?"

쓰카모토 씨가 기쁜 표정을 지었다. "그렇죠?"

나가에의 말이 맞았다. 치킨 라면은 원래 끓인 물을 부어 면에 배어든 스프가 우러나오게 만든 것이어서 그대로 먹으면 맛이 너무 진하다. 하지만 바로 그 점이 맥주와 잘 맞았다. 다시 치킨 라면을 씹어 먹고 맥주를 마셨다. 언제까지라도 반복할 수 있을 것 같았다. 이렇게 진한 맛의 과자는 없기 때문에 맥주를 더욱 맛있게 즐길 수 있는 안주로 ―최고인지 아닌지는 별개로 치더라도― 손꼽을 수 있겠다는 생각이 들었다.

"라면은 아직도 이렇게 많아."

오늘 모임의 담당인 구마이가 자랑스러운 듯 얘기했다. "한 사람에 3개씩 샀거든."

라면이 많다니 든든한 기분이었다. 잠시 치킨 라면에 대해 얘기하다 구마이가 불쑥 말을 했다.

"근데 하와이에 가면 치킨 라면 같은 건 먹기 힘들겠네."

쓰카모토 씨가 당황하며 오른손을 내저었다. "아니, 뭐."

"하와이?" 내가 묻자 구마이가 친구를 자랑스러워하며 말했다.

"쓰카모토는 이래 봬도 스쿠버 다이빙 강사 자격증이 있어. 그래서 마우이 섬의 다이빙 센터에서 와 달라고 했대."

"우와." 나가에 입이 마름모꼴이 되었다. 나는 다이빙에 대해선 잘 모르지만 취미로 다이버 하는 친구에게 '마우이 섬으로 수영하러 가고 싶다'는 말을 들은 기억이 있다. 그런 곳의 다이빙 센터에서 오라고 할 정도면 쓰카모토 씨는 상당한 실력을 가진 것이 틀림없다.

그는 곤란한 기색이었다.

"아냐, 회사를 관두고 갈 생각은 아직 없어."

"하지만 가고 싶잖아. 속마음은."

구마이가 말했다. 쓰카모토 씨는 정곡을 찔린 것처럼 보였지만 일부러 숨기려고 들지도 않았다.

"뭐, 그렇긴 해도 역시 무리야. 수입도 적을 테고, 누가 반대하기도 하고."

구마이는 억지를 부렸다.

"강하게 밀고 나가면 되지."

"아니, 그러기엔 좀 미안해."

쓰카모토 씨와 구마이가 다니는 식품 회사는 대기업이어서 불황에도 도산하지 않는다. 그 회사에 다니는 이상은 안정된 생활을 보장받을 수 있다. 그런 곳을 그만두고 다이빙 센터에

서 일하려면 용기가 필요하겠지. 가도 되냐고 물어보면 나라
도 반대할 것 같았다.

"뭐야, 하와이 갔다 올 때 마카다미아 너트 사 오라고 부탁
하려 했는데."

구마이가 과장되게 아쉬워하자 쓰카모토 씨가 힘없이 고개
를 숙였다.

"그게 뭔데?"

"마카다미아 너트라고 하와이 특산품이야. 초콜릿은 아니
고 땅콩 비슷한 거야. 겉에 소금이 잔뜩 뿌려져 있는데, 정말
맛있어."

"네가 그런 것만 먹으니 건강하지 못하다는 거야."

"치킨 라면을 그대로 먹는 주제에 그런 말을 하다니."

구마이가 회사 동료와 죽이 맞아 떠들어 대는 소리를, 나와
나가에는 히죽거리며 들었다. 그런 말소리와 치킨 라면을 안
주 삼아 시원한 맥주를 마시는 기분이 적잖게 좋았다.

그런데 점점 치킨 라면을 먹기 힘든 상황이 되었다. 큰 조각
부터 먹다 보니 아주 작은 파편들만 접시에 남았다. 손가락으
로 겨우 집어도 다시 접시에 후드득 떨어졌다.

"이렇게 먹으면 통째로 깨물어 먹는 것보다 부스러기가 사
방으로 튀진 않지만."

그가 나의 서투른 솜씨를 보며 얘기했다.

"아무래도 조금은 바닥에 떨어져 지저분해지지요. 이게 단점입니다."

나가에가 탁자 아래를 봤다. 나도 따라서 고개를 숙이자 야외용 시트에 오렌지색 파편이 몇 개 떨어져 있는 게 눈에 들어왔다. 작은 조각을 집어 입에 넣다가 바닥에 흘린 모양이었다. 발로 밟으니 아플 정도는 아니지만 찔끔 놀랄 만했다.

"정말 그러네."

쓰카모토 씨는 고개를 끄덕였다.

"오늘은 나가에 씨가 시트를 깔아서 청소가 간단하겠지만, 카펫이라면 털에 뒤엉켜서 골치가 좀 아팠을 겁니다."

나는 다시 접시를 보았다. 라면 조각은 대부분 꼬불꼬불 휘어져 있었다. 털이 긴 융단이나 파일 직물로 된 카펫이라면 휘감겨 꼬여 버릴 것이다.

"쓰카모토 씨 방엔 카펫이 깔려 있나요?"

"네. 마룻바닥에 카펫을 깔고 좌식 밥상과 등받이 의자를 사용하고 있습니다."

"야외용 시트를 계속 깔고 살 수는 없잖아."

구마이가 말하자 쓰카모토 씨는 얼굴을 찡그렸다.

"치킨 라면을 먹을 때만큼은 깔아 두는 게 좋지. 그것 때문에 여자친구와 싸웠거든."

"네에?" 나도 모르게 말이 튀어나왔다. 이런 속물 덩어리 같으니. 남의 사생활에 관심 많은 인간이 되어 버렸다. 쓰카모토 씨가 머리를 긁적였다.

"뭐, 쓸데없는 얘기예요. 얼마 전에 여자친구가 청소하기 힘들다며 화를 냈거든요. 싸움이라기보다는 일방적으로 혼난 거지만요."

"그럼 쓰카모토 씨의 그분은 방까지 청소를 해 준다는 말이군요."

나가에가 악의 없는 얼굴로 웃었다. "부럽네요. 사이가 좋은가 봅니다."

쓰카모토 씨의 둥근 얼굴이 붉어졌다. 순수한 사람이었다.

"여자친구라면 전산실에서 근무하는 그 사람 말이지? 머리가 길고."

구마이가 묻자 그는 환하게 웃었다.

"맞아."

구마이는 나와 나가에를 보며 말했다.

"자존심 세고 좀 덜렁대긴 해도 미인이지."

무슨 미인이랄 것까지야, 하고 쓰카모토 씨가 쑥스러워하며 말하자 구마이가 "뭐 어때? 사실이잖아."라며 놀려댔다. 옆에 있던 나가에가 진지한 얼굴로 끼어들었다.

"쓰카모토 씨는 예전부터 맥주 마실 때 라면을 부숴 먹었죠? 그날 처음 본 게 아닐 텐데 그분은 왜 화를 냈을까요?"

그럴 듯한 질문이었다. 그는 머리를 긁적였다.

"아뇨, 전부터 잔소리는 했는데 그날은 유독 많이 흘렸는지 쌓였던 화가 터진 것 같아요."

구마이가 따져 물었다.

"'흘렸는지'라니? 기억 못 하는 거야?"

쓰카모토 씨는 당황한 얼굴로 잠자코 있었다. 손님을 초대해 놓고 왠지 계속 곤란한 질문만 해대고 있는 것 같았다.

"얘기한 대로야. 전날 밤에 심야 영화를 보며 언제나처럼 우걱우걱 먹었지. 맥주를 마시다가 위스키로 바꿨는데, 영화 마지막 부분에서는 거의 취해 있었어. 그대로 좌식 의자에서 곯아떨어졌고 다음 날은 늦잠을 자서 허둥지둥 회사에 갔지. 그래서 라면 부스러기를 얼마나 흘렸는지 기억이 안 나."

혼자 사는 남자다운 일화였다.

"게다가 운 나쁘게도 늦잠을 잔 날이 내 생일이었거든. 여자친구가 집에 오기로 한 날이었어. 구마이도 알다시피, 우리 부서는 보통 저녁 8시까지 일을 하잖아. 정시에 일을 마치는 그녀가 늘 먼저 내 방에 와서 기다리곤 하지."

"손수 요리하면서."

구마이가 놀리듯 말했다. 하지만 그는 고개를 세게 가로저었다.

"아니, 여자친구는 요리 안 해. 맛없는 음식을 해 줄 바에야 배달해 먹자는 주의지. 그날도 케이크와 와인은 오는 길에 사 왔고, 식사로는 피자를 배달시켰어."

"완벽주의자인가 봐요."

내가 이렇게 토를 달았다. 그녀의 당당함이 꽤 맘에 들었다.

"하지만 집에 돌아와 보니 그녀는 화가 나 있었다?"

"네. 그렇습니다."

그는 축 처진 모습으로 말했다.

"의자 주변에 치킨 라면 부스러기가 떨어져 있었습니다. 밤이 늦어서 청소기를 사용할 수도 없고, 손으로 하나하나 줍다 보니 인내심에 한계가 왔나 봐요. 진심으로 미안하다고 달랜 뒤 이리저리 분위기를 바꿔서 무사히 넘어갔지만, 아무리 내 방이라고 해도 엉망으로 만들어 놓은 것은 반성했습니다."

"그래서 어떻게 되었어요?"

"그날 밤은 청소를 할 수 없어서 침실에 밥상을 펴놓고 식사했어요. 침실에는 텔레비전도 없고, 빨래가 널려 있어서 그녀는 계속 불만이었지요."

"음." 구마이가 팔짱을 꼈다.

"라면 하나로 깨질 뻔하다니. 그까짓 인스턴트 라면이라고 무시하면 안 되겠는데."

구마이의 이상한 감상을 끝으로 이야기가 마무리되는 듯 보였다.

하지만 나가에가 심각한 얼굴로 침묵을 지키고 있었다. 라면 먹는 것도 잊은 듯 맥주만 마셨다. 왜 그러지? 다른 사람의 연애 이야기에 별 관심 없는 나가에가.

"쓰카모토 씨." 겨우 입을 연 나가에가 그의 이름을 불렀다.

"묻고 싶은 게 있는데요, 흘린 라면 부스러기는 결국 어떻게 했죠?"

"다음 날 아침에 깨끗하게 치웠죠. 청소기로."

"쓰카모토 씨가 했나요? 그분을 화나게 할 정도로 방을 엉망으로 만들어서?"

"네?" 순간, 그가 말을 더듬었다. "여자친구가 해 주었습니다. 다음 날은 토요일이었어요. 제가 자는 동안 그녀가 이미 청소를 시작했더라고요. 저는 청소기 소리에 잠에서 깼어요. 당황해서 일어나 보니 그녀는 벌써 청소기를 치우고 젖은 수건으로 카펫을 톡톡 두드리고 있었습니다."

"좋은 아내감이네."

구마이가 히죽히죽 웃었지만 나가에는 심각한 표정을 거두지 않았다.

"음." 나가에가 턱을 괴었다. "그게 언제 일이죠?"

"지지난주 일입니다."

"지지난주라면…… 2주 전이네요." 나가에는 숨을 크게 내쉬었다. "그렇다면 아직 시간이 남아 있군요."

쓰카모토 씨가 아닌 구마이가 반응했다.

"무슨 말이야?"

나가에는 질문을 던진 구마이가 아닌 그를 향해 대답했다.

"지금이라도 늦지 않았습니다. 쓰카모토 씨. 어서 그녀에게 연락을 하세요. 그리고 고맙다고 말하세요."

원룸에는 묘한 침묵이 흘렀다. 구마이도, 쓰카모토 씨도, 그리고 나도 멍한 얼굴로 나가에를 바라보았다. 하지만 어떤 말도 하지 않았다. 모두 무슨 반응을 해야 할지 몰랐기 때문이다.

그녀에게 고맙다고 말하라는 게 무슨 뜻일까.

"……이봐, 요스코."

구마이가 침묵을 깨고 말했다. 구마이는 나가에가 마음에 들지 않으면 요스코라고 부른다. "그게 무슨 말이야?"

"뭐라니." 나가에가 라면을 집었다. "말 그대로야. 가능한 빨

58

58

리 그분에게 고맙다고 말해야 돼."

"그래도 무슨 말인지 모르겠다." 나는 중얼거렸다. "생일 다음 날 아침에 청소해 줘서? 이제 와서 고맙다고 하란 말이야?"

하지만 나가에는 손을 저었다.

"그게 아니고…… 그분의 진심에 고맙단 인사를 하는 게 좋겠다는 거지."

진심? 점점 더 모를 말이었다. 오늘 밤 쓰카모토 씨는 라면 부스러기를 카펫에 엎질러서 그녀에게 일방적으로 혼이 났다는 이야기를 해 주었다. 기가 센 성격의 그녀와의 사이에서 얼마든지 있을 법한 이야기였다. 하지만 '진심'이란 말이 어느 부분에 어울린단 것인가.

나는 곁눈질로 그를 쳐다보았다. 그도 나가에 말의 의미를 찾느라 고개를 갸웃거리고 있었다.

"뭐랄까……. 저는 나가에 씨가 무슨 말을 하고 싶은 건지 잘 모르겠어요. 좀 더 설명해 주시겠어요?"

"그래, 그래." 구마이가 거들었다. "요스코는 언제나 모를 얘기만 해."

나가에는 쓴웃음을 지었다. 하지만 친절히 설명할 생각은 있는 모양이었다. 먼저 잔에 남은 맥주를 마시고는 서버로 다시 가득 따랐다. 한 모금 마시고 다시 얘기를 시작했다.

"구마이. 쓰카모토 씨의 얘기를 듣고 뭔가 이상하다고 느낀 점 없었어?"

"이상한 점?"

구마이가 미간을 찌푸렸다. 눈을 치켜뜨고 허공을 바라보며 기억을 더듬었다.

"……아니, 특별히 없었는데?"

"그래?" 나가에는 재미난 듯 말했다. "자, 구마이도 알아채지 못했네, 쓰카모토 씨처럼. 그녀가 꾸민 거짓말을……."

"거짓말?"

휙 하고 쓰카모토 씨를 쳐다보았다. 둥그런 얼굴에서 표정이 사라졌다. 기분이 상한 듯했다.

"지금 그녀가 거짓말을 했다고 하신 겁니까? 저한테요?"

목소리가 다소 격앙되었다. 그것을 알아챈 것인지 나가에가 얼른 덧붙였다.

"거짓말한 것은 사실일 겁니다. 하지만 악의가 있었던 건 아니고요."

그는 머리를 흔들었다.

"글쎄요."

"그렇겠지요. 저도 처음에는 흘려들었으니까요. 하지만 쓰카모토 씨 얘기에는 이해할 수 없는 부분이 있었습니다. 그것을 곰곰이 생각해 보다가 결국 그분이 거짓말을 했다는 결론을 내렸습니다."

"이해할 수 없는 부분이라면?"

내가 묻자 나가에는 고개를 끄덕였다.

"쓰카모토 씨가 치킨 라면을 카펫에 흘렸다는 부분이야. 이야기에서 가장 중요한 부분이지. 등받이 의자 주변에 치킨 라면 부스러기가 떨어져 있었다고 했잖아. 하지만 나는 그 말을 듣고 이거다, 하고 생각했어."

"왜?"

구마이가 이해할 수 없다는 투로 물었다. 나도 이해 불가다. 어느 부분이 이상하단 말인가. 나가에는 할 수 없다는 듯 다시 한숨을 내쉬었다.

"자, 좋아. 쓰카모토 씨가 치킨 라면을 먹으면서 심야 영화를 보다가 그대로 등받이 의자에서 잠들어 버렸다고 했지. 술에 취해 무의식중에 치킨 라면을 마구 흘렸다고 쳐."

'쳐'가 아니라 진짜 그랬다는 거 아닌가. 내가 그렇게 생각하고 있는데 나가에는 거침없이 말을 이어갔다.

"만일 그랬다면 아침에 일어났을 때 라면 부스러기가 주위에 마구 떨어져 있었을 거 아냐. 하지만 쓰카모토 씨는 그걸 알아채지 못했다고 했어."

구마이는 고개를 저었다.

"늦잠을 자서 놀랐다고 했잖아. 당황한 나머지 몰랐을 수도 있지."

나도 구마이의 의견에 한 표를 던졌다. 하지만 나가에는 동요하지 않았다.

"그렇지 않아. 다른 거라면 몰랐을 수도 있지만 라면 부스러기는 달라. 아무리 당황했어도 알아차렸을 거야."

구마이는 아랫입술을 내밀었다. "어째서?"

나가에는 접시에서 라면 조각을 집어 들었다.

"봐, 쓰카모토 씨가 잠들었던 의자 주변에는 치킨 라면 조각들이 흩뿌려져 있었어. 일어나서 출근 준비를 하다가 반드시 발에 밟혔을 거야. 지뢰밭 같았을걸. 발이 아파서 아무리 늦잠을 잔 상황이었어도 알아차렸을 게 분명해."

"아……."

쓰카모토 씨 입에서 탄식하는 소리가 흘러나왔다.

하긴 나도 조금 전에 알았다. 부스러기로 엉망인 바닥을 걸으면서 모를 수가 없다는 걸.

"몰랐다면 주위에 라면 부스러기가 없었다는 말이야. 물론 집어 먹다 좀 흘렸을 수 있지만 그렇게 많았다는 건 말이 안 돼."

"하, 하지만……."

그는 어떻게든 부정하고 싶은 눈치였다.

"정말로 라면 부스러기가 아주 많이 떨어져 있었거든요."

"그랬겠죠."

나가에는 시원스레 긍정해 주었다.

"쓰카모토 씨는 흘린 기억이 없는데 라면 조각이 많이 떨어져 있었다. 그런데 이 얘기에 등장인물은 두 사람뿐이다. 본인이 흘린 게 아니라면 남은 한 사람인 그녀가 흘렸다고 생각할 수밖에 없는 겁니다."

"뭐라고?"

나도 모르게 목소리를 높이고 말았다. 무슨 말인지 알 수 없었다. 그녀가 제 손으로 치킨 라면을 카펫에 뿌렸다고? 나의 비명에 가까운 반응에도 나가에는 담담하게 말을 이어갔다.

"그녀는 쓰카모토 씨를 기다리다가 라면을 부숴서 뿌린 겁니다. 간단해요. 치킨 라면은 아무 데서나 파니까요. 근처 편의점에서 사 와서 봉지째 부순 다음, 카펫 위에 마구 뿌린 거죠. 그리고 쓰카모토 씨가 일을 마치고 돌아왔을 때 그녀는 라면 부스러기가 카펫에 떨어져 있다고 크게 화를 냈습니다. 하지만 그건 자신이 한 일이었죠. 그녀는 거짓말한 거예요. 저는 잘 모릅니다만, 구마이 말에 따르면 성격이 강하신 분 같은데요. 그렇다면 청소는 어지른 사람이 하게 했을 겁니다. 제 생

63

각에는 그래요. 그 정도에 화를 낼 성격이라면 말이죠. 하지만 청소는 그녀가 했어요. 물론 배려하는 마음으로 해 준 것일지도 모르지만 그보다는 자신이 저지른 일이니 스스로 처리한 거라고 생각합니다."

다시 침묵이 흘렀다. 나는 나가에가 말하고 싶은 본뜻을 알 수 없었다. 하지만 적어도 나가에의 설명에는 빈틈이 없었다.

"요스코."

침묵을 깨뜨린 사람은 이번에도 구마이였다.

"네 얘기엔 한 가지 허점이 있어. 그녀가 아니라 쓰카모토가 거짓말했을 수도 있잖아. 그건 어떻게 증명할 거야?"

쓰카모토 씨가 놀란 듯 구마이를 쳐다보았다. 하지만 구마이는 아무렇지 않게 그를 돌아보며 말했다.

"그렇잖아?"

나가에는 지적당하고도 여전히 의연한 모습이었다.

"회사 동료인 너에게 묻겠는데."

"뭘?"

"쓰카모토 씨와 그녀. 표현이 좀 이상하지만 두 사람은 정말 사귀는 사이야?"

"뭐?"

예상 밖의 질문에 그 대단한 구마이도 당황한 모양이었다.

그러나 자세를 바로 바꿔서 대답했다.

"진짜지, 그럼. 틀림없어. 두 사람은 사랑하는 사이야."

나가에는 웃었다.

"그럼 틀림없겠네. 쓰카모토 씨가 있지도 않은 라면 사건을 지어내서 처음 만난 우리에게 얘기했다고 치자. 이야기 속의 그녀는 악역이잖아. 두 사람이 진짜 연인이라면 쓰카모토 씨가 뭐하러 그런 얘기를 지어냈겠어?"

구마이는 머뭇거리며 답을 하지 못했다.

"……그렇긴 한데."

"하지만 이상해." 이번에는 내가 끼어들었다.

"네 얘기는 옳다고 생각하지만, 그럼 그녀도 같은 입장이잖아? 하지도 않은 일로 쓰카모토 씨를 몰아세우다니. 쓰카모토 씨가 악역인 셈이잖아. 두 사람이 정말 연인이라면 그런 짓을 할 리가 없지."

쓰카모토 씨가 고개를 세차게 끄덕였다. 그 모습을 보니 그녀를 얼마나 사랑하는지 짐작할 수 있었다. 첫인상 대로 정말 좋은 사람이다. 나가에도 그렇게 생각하는지 오늘의 손님을 따뜻한 눈길로 바라보았다.

"네 말이 맞아. 하지만 그녀는 지금처럼 다른 사람의 시선을 의식할 필요가 없었잖아. 그녀의 거짓말은 어디까지나 쓰카모토 씨 한 사람을 향해 있었지. 쓰카모토 씨가 거짓말하는 것일지도 모른다는 가설과는 그 점이 달라. 우리는 그 점을 염두에 두고 생각해 봐야 해. 그녀의 거짓말이 의미하는 바를."

"거짓말의 의미……."

쓰카모토 씨가 반복해서 읊조렸다. 이야기가 전개되는 분위기에 녹아들지 못한 말투였다. 무리도 아니었다. 가벼운 마음으로 했던 이야기가 생각지도 않은 방향으로 전개되고 있으니.

"그녀는 왜 거짓말을 해야 했을까. 보다 정확하게 말하면 치킨 라면을 뿌린 이유는 무엇일까. 일부러 그걸 사 와서까지 말이야. 여기서 직장에서 받은 스트레스를 쓰카모토 씨에게 풀기 위해서라는 가능성은 배제하자고. 동의하지?"

그것은 예외로 해도 좋았다. 너무 시시한 음모론 같은 얘기가 되어 버린다. 지금까지의 얘기에서 추측한 그녀 성격과는 어울리지 않는다.

"그녀는 확실한 목적을 가지고 치킨 라면을 뿌렸어. 그 목적이란 무엇일까? 쓰카모토 씨는 카펫에 라면 부스러기가 떨어지면 청소하기 귀찮다고 말했어. 그녀도 그걸 알고 있었고. 그런데 굳이 그 일을 만든 이유가 뭘까. 고전적이라 미안하지만 난 이렇게 생각했어. 카펫 위에 이미 뭔가를 흘려서 그것을 감추기 위해 라면을 뿌렸다고."

"뭐?"

나가에는 나를 보며 말했다.

"무리한 생각일까? 그녀는 카펫에 뭔가를 흘렸어. 청소하기
아주 골칫거리인 것을. 그래서 감추기 위해 라면 부스러기를
그 위에 뿌린 거지. 치킨 라면을 종종 부숴 먹는 쓰카모토 씨
방에 부스러기가 떨어져 있는 건 당연하니까. 그녀로서는 지
극히 자연스러운 발상이었던 거야."

"그러면……." 나는 열심히 머리를 굴렸다. 그녀가 뭔가를
떨어뜨렸다면, 그게 무엇이었을까. 나가에가 한 얘기를 되짚
어 보자면…….

"케이크와 와인을 사 와서 쓰카모토 씨를 기다렸잖아. 그 중
뭔가를 카펫에 흘렸나?"

나는 말을 하면서도 틀렸다는 것을 알고 있었다. 아니나 다
를까, 나가에가 고개를 저었다.

"그건 아니라고 생각해."

"그건 아니지." 구마이도 나가에 말에 수긍했다. "생크림이
나 와인을 흘렸다면 치킨 라면 따위로 가려지지 않지."

나가에는 고개를 끄덕였다.

"피자도 아닐 테고. 피자였다면 카펫이 치즈 기름기로 끈적

67

끈적해졌을걸. 피자는 치킨 라면하고는 다르니까. 그걸 그녀가 몰랐을 리 없어. 너희가 추측한 걸 합치면 그녀가 무얼 떨어뜨렸는지 상상할 수 있지. 생크림 케이크, 와인, 피자 같은 것들은 어지간해서는 흔적을 지우기 힘든 것들이야. 그녀가 엎지른 건 아마 간단한 종류였을 거야. 청소기로 빨아들이면 되는. 실제로 그녀는 다음 날 아침에 청소기를 돌리고 있었잖아."

"하지만 그것들 말고는 없는데."

"그러니까 이제부터 상상해 보는 거야. 그녀는 케이크, 와인 말고도 쓰카모토 씨 몰래 어떤 것을 가지고 왔어. 그걸 엎지른 거야. 청소기로 빨아들일 수 있는 것. 힌트는 이 자리에서 이미 나왔어."

나가에는 여기까지 말을 하고는 입을 다물었다. 세 번째 침묵이 찾아왔다. 나와 구마이는 그 정체를 알아맞히려 애썼다. 쓰카모토 씨만이 혼란스러운 얼굴로 생각이 멈춘 듯했다. 대답이 나오지 않자 나가에가 입을 열었다.

"쓰카모토 씨의 얘기를 돌이켜 봐. 그녀는 다음 날 아침, 떨어진 라면 조각을 청소했다, 청소기로 빨아들인 후, 젖은 수건으로 카펫을 두드리고 있었다……."

나가에는 접시에서 치킨 라면 조각을 집어 들었다.

"자, 라면이 아무리 잘게 부서져도 모래알처럼 작지는 않지. 그럼 젖은 수건으로 툭툭 두드려서 치울 순 없어. 그건 물기가 있거나 가루를 제거할 때 쓰는 방법이야. 어느 쪽일까. 라면 부스러기를 뿌려 속이려고 한 걸 보면 물기 있는 게 아니라 가루 쪽이었던 것 같아. 단순한 발상이지만 짠맛으로 같은 짠맛의 어떤 걸 덮으려던 게 아닐까. 그리고 가루니까, 소금이라고 생각한 거야. 그리고 상상을 좀 더 해 봤지. 쓰카모토 씨는 다이빙 강사 자격증을 갖고 있고, 하와이로 이주할 마음이 있다⋯⋯."

순간 구마이가 입을 벌렸다. "아!"

나가에가 구마이를 쳐다보았다. "뭘까?"

"설마, 설마." 구마이는 자신의 상상력에 감탄한 듯했다. "설마 마카다미아 너트?"

나가에가 활짝 웃었다. "정답이야."

갑자기 툭 튀어나온 단어에 나는 혼란스러웠다. 어떻게 그게 등장한 거지? 바로 떠오르진 않았지만 기억이 났다. 술자리가 시작될 무렵에 구마이와 쓰카모토 씨가 나눈 얘기가. 구마이는 그에게 하와이에 가게 되면 마카다미아 너트를 사 오라고 말했었다.

구마이는 그것의 특징을 잘 알고 있었다.

"그래. 마카다미아 너트에 소금이 잔뜩 묻어 있지."

나가에는 크게 고개를 끄덕였다.

"응. 그녀는 쓰카모토 씨 생일에 와인과 케이크, 그리고 마카다미아 너트를 갖고 왔어."

이제야 그 의미를 알 것 같았다.

"그녀는 쓰카모토 씨가 하와이 가는 걸 찬성해 주고 싶었던 거야. 좀 더 멋지게 얘기하고 싶어서 하와이 특산품인 마카다미아 너트를 갖고 온 거지. 함께 가자고 말하려고."

"하지만 덜렁대다가……."

구마이가 거들었다.

"그녀는 마카다미아 너트가 든 봉투나 박스를 카펫 위에 쏟았어. 하지만 너트는 괜찮아. 손으로 집어서 담을 수 있으니까. 그런데 소금이 문제였어. 손으로 집을 수도 없었고, 밤이 늦어 청소기를 돌릴 수도 없었지. 솔직히 말하고 미안하다고 하면 될 것을 그녀는 쑥스러웠던 탓인지 그렇게 하지 않았어. 생일 축하한다고 말하며 슬쩍 마카다미아 너트를 건넨다, 그 의미를 깨달은 쓰카모토 씨가 감동해서 그녀에게 프러포즈를 한다, 이런 장면을 머릿속에 그렸는데 현실은 그 지경이었으니. 자존심 센 그녀는 모양새가 빠진 채로 그런 얘기를 하고 싶진 않았던 거야. 그래서 덮어 버렸지. 이게 바로 라면 조각을 카펫에 뿌리게 된 이유야. 요스코, 그치?"

나가에는 쓰카모토 씨를 바라보았다. 라면 조각에서 한 번도 만난 적 없는 여자의 마음까지 읽어 낸 그의 치밀한 두뇌와는 도저히 어울리지 않는 부드러운 표정으로.

"그래서 얘기했잖아요. 라면 조각 흘린 걸 사과할 게 아니라 하와이에 가는 걸 동의해 줘서 '고맙다'고 해야 한다고."

쓰카모토 씨는 잠시 동안 가만히 있었다. 입을 반쯤 벌리고 허공만 바라보았다.

그리고는 스르르 일어섰다. 얼굴에 홍조를 띠고 있었다.

"저는 이만 실례하겠습니다. 나가에 씨, 정말 고맙습니다."

지금 그가 얼마나 안절부절못하는 심정인지 알 것 같았다. 그는 현관에 멈춰 서서 뒤를 돌아보았다.

"구마이, 오늘 맥주 값은 내가 낼게. 내일 정산하자구."

그는 그렇게 말하고 돌아갔다. 남은 우리 셋은 그저 탁자 위를 바라보고 있었다.

"저기." 하는 수 없이 내가 말을 꺼냈다. "이 많은 라면들은 어떻게 할 거야?"

나가에가 진지하게 대답했다.

"일단, 뜨거운 물을 부어서 먹자."

반년이 지난 뒤, 구마이에게 항공 우편물이 왔다.

  하와이로 이주한 쓰카모토 씨가 보낸 것이었다. 박스 안에는 마카다미아 너트가 가득 들어 있었다. 그리고 사진 한 장도.

  구마이는 나가에 원룸에 그 사진을 가지고 왔다. 검게 그을린 둥근 얼굴의 그와 그녀였다. 나는 그녀의 얼굴을 처음 보았다. 구마이가 말한 대로 굉장히 예뻤다.

  결혼 선물은 정해졌다. 우리는 축의금과 함께 치킨 라면 한 박스를 하와이로 보냈다.

데지 않도록

방 안에 들어서는 순간, 안경이 뿌옇게 흐려졌다.

매해 돌아오는 추운 계절마다 있는 일이다. 나는 당황하지도, 소란을 피우지도 않고 주머니에서 헝겊을 꺼냈다. 안경을 천천히 닦아 쓰자 언제나와 같이 좁은 방 안이 눈에 들어왔다.

"자, 들어가."

나는 같이 온 스다 아스카에게 말했다. 아스카는 나를 따라서 난방이 잘 된 방에 들어섰다. 향긋한 냄새가 후욱 하고 달려 나와 우리 둘을 맞았다.

"벌써 다 된 거야?"

방 한가운데 놓인 캠핑용 탁자. 그 위에는 이미 황금색 냄비가 놓여 있었다. 방 안에 가득한 좋은 냄새가 그 냄비에서 풍겨 나온 것이라는 걸 금방 눈치 챘다.

"딱 맞춰 왔네."

냄비 안을 정성스럽게 젓고 있던 구마이가 이쪽을 향해 빙그레 웃었다.

"네가 술자리에 늦은 적은 한 번도 없지만. 역시! 오늘도 늦지 않았어."

"나는 너처럼 기다리지 못하고 먼저 와 버리거나 하진 않아."

외투를 벗으며 대꾸했다. 벗은 옷을 오른팔에 걸치자마자 누군가 옷걸이를 쑥 내밀었다. 이 집의 주인인 나가에 다카아키였다. 역시나 눈치가 빠른 친구다. 나와 아스카는 나가에게 인사를 하고 옷걸이를 받아 외투를 한쪽 벽에 걸었다. 그리고 나가에에게 양해를 구한 뒤 손을 씻었다.

구마이는 쉬지 않고 냄비 안을 휘저었다. 지름 27센티쯤 되는 냄비는 쇠 지지대 위에 놓여 있었고, 그 아래 알코올버너가 파란 불꽃으로 냄비 바닥을 날름거렸다. 구마이는 불 위의 냄비가 타지 않도록 계속 젓고 있었다.

"음." 나는 자리에 앉으며 중얼거렸다.

"이게 치즈 퐁뒤구나."

늘 그랬듯이 오늘 밤 모임도 나가에가 문자 메시지로 우리
를 불러들인 것이었다.

[역 앞 상가에서 치즈 퐁뒤용 냄비를 싸게 팔길래 그냥 사
버렸어. 치즈 퐁뒤 파티나 하자고.]

거기에 바로 대답한 것은 구마이였다.

[치즈 퐁뒤에는 샤르도네(백포도주를 만드는 대표적인 포도 품
종 - 옮긴이 주)지. 마침 떠오르는 게 있으니 와인은 내게 맡
겨.]

나가에가 음식을 준비하고 구마이가 술을 담당한다니 [그
러면 나는 손님을 데리고 갈게.]라고 대답했다. 날짜가 정해
지고 몇 번째인지도 모를 술자리가 준비되었다.

나가에와 구마이, 그리고 나는 대학 시절부터 시작된 술친
구다. 졸업을 한 후부터 지금까지 주로 셋이서만 모였는데 요
몇 년 전부터는 손님을 데리고 오는 것이 관례처럼 돼 버렸다.
새로운 사람을 초대하면 기분 전환도 되고 우리들끼리는 접
할 수 없는 정보도 얻는 등, 더욱 즐거운 시간을 보낼 수 있다.
손님의 취미였던 플라멩코만으로 3시간 넘게 떠들어댄 적도
있다.

하지만 손님도 즐거워야 의미가 있는 것이다. 그래서 나는 이번 모임의 손님을 찾을 요량으로, 회사에서 슬쩍 퐁뒤 얘기를 꺼내 보았다. 거기에 긍정적으로 반응한 사람을 초대하는 게 좋겠다고 생각했기 때문이다.

내가 던진 미끼에 "음, 먹어본 적은 없지만……." 하고 커다란 눈을 반짝이며 대답한 사람이 2년 후배인 스다 아스카였다. 그녀는 우리 부서와 같은 층을 쓰는 신제품 기획부 소속으로 자주 마주치는 사이였다. 눈과 코가 동그래서 강아지가 연상되는 귀여운 얼굴로 회사 남자들에게 인기가 많았다. 성격도 강아지처럼 순해서 여자 선배들도 모두 좋아했다. 성격도 좋고 치즈 퐁뒤에 대한 관심도 많다는 점이 오늘의 손님에 딱 들어맞았다. 아스카라면 나가에도, 구마이도 마음에 들어 할 것 같았다.

나의 안목은 정확했다. "아주 예쁘시네요." 구마이가 부산을 떨었고 나가에도 상냥한 웃음으로 맞아 주었다. 아스카도 선배의 친구들이 반겨 주는 것에 안심이 됐는지 언제나처럼 강아지 같은 순진한 미소를 지었다.

"방이 참 예뻐요."

아스카는 방 안을 휘 둘러보며 말했다.

"그렇지?"

나가에는 겸손을 떨 게 분명해서 내가 대신 대답해 주었다.

　나가에가 사는 아담하고 깨끗한 원룸 빌라는 남자 혼자 살기에 안성맞춤이다. 물론 손님이 오는 날은 미리 청소를 하겠지만 평소에도 깔끔하게 살았다. 가구도 별로 없었다. 눈에 띄는 것은 작은 텔레비전과 노트북이 놓인 접이식 책상 정도였다. 잡다한 물건이 너저분하게 흐트러진 내 방이나, 온갖 취미로 사들인 물건들에 뒤덮인 구마이의 방과는 확실히 딴판이었다. 하긴 그래서 나가에 방이 모임 장소가 된 것이지만.

　나는 그런 모든 의미를 포함해 "그렇지?"라고 말했는데 갑자기 아스카가 큭큭대며 웃기 시작했다.

　"좋네요."

　"뭐가?"

　나는 말뜻을 몰라 되물었다. 아스카는 동그란 눈을 초승달로 만들면서 계속 웃어댔다.

　"남자친구……예요?"

　"엥?"

　당황한 나머지 괴상한 소리가 나와 버렸다. 생각지도 않은 물음에 말뜻을 파악하지 못하고 헤매다가, 잠시 후 사고 체계가 정상으로 돌아왔다. 순간, 나는 크게 웃어 버렸다.

　"아냐, 아냐."

가볍게 손을 저었다. "왜 그렇게 생각했어?"

"왜냐면." 아스카는 내 반응이 마음에 들지 않는다는 듯 입술을 삐죽 내밀며 대답했다.

"나쓰미 선배가 '자, 들어가.'라고 안내했고 지금도 제가 방이 예쁘다고 하니 자랑스럽게 '그렇지?'라고 대답도 했잖아요. 마치 자기 집처럼 말이에요. 그래서 틀림없이……."

구마이가 끼어들었다.

"그런 거야? 그랬구나. 그럼 방해꾼은 물러가야 하나."

"그만 하셔."

나는 구마이의 머리를 가볍게 쳤다. 아스카는 씁쓸하게 웃었다.

"안됐지만 나가에는 술친구야."

"그랬군요."

아스카는 여전히 의심의 눈길을 거두지 않았다. 곧이어 나가에가 와인 잔을 들고 왔다.

"사실이에요. 기대에 미치지 못해 죄송합니다만."

나가에는 조용히 웃었다.

"작은 행동이나 짧은 말로 사람의 마음을 추측하기란 어려운 일이지요."

아스카가 고개를 갸웃했다.

"나쓰미가 자기 집처럼 말한 것은 우리가 초대한 쪽이라 그랬을 겁니다. 스다 씨는 초대받은 쪽이고요. 초대한 쪽에서 이 방은, 말하자면 홈그라운드지요. 그래서 원정 온 스다 씨에게 그런 식으로 말했던 거예요."

나가에의 진지한 설명에 아스카는 겨우 이해한 듯 보였다.

"그런 거군요."

나가에는 '작은 행동이나 짧은 말로 사람의 마음을 추측하기란 어려운 일이지요.'라고 격조 높게 표현했지만 요약하자면, 그것은 단순한 착각이었다. 아스카는 가끔씩 이렇게 터무니없는 억측을 하곤 한다.

"그럼, 불필요한 오해도 풀렸으니 슬슬 시작하자구."

나는 두근거리는 심장 소리를 누가 들을 새라 목소리를 높여 말했다.

나에게 나가에는 연애 대상이 아니다. 그것은 엄연한 사실이라 아스카에게 거짓말한 게 아니다. 자신을 속이며 한 소리도 아니다. 친구로서 나가에는 확실히 최고다. 겉으로 보기에도 결코 나쁘지 않다. 상냥하고 따뜻하며 똑똑하다. 그런 의미로는 나가에를 좋아한다. 하지만 사랑의 감정은 아니다.

그런데 어째서 연애 대상은 안 될까. 그것은 나가에의 성격 중 가장 두드러지는 '똑똑하다'는 점 때문이다. 나가에의 지능은 나와는 차원이 다르다. 친구로서는 의지가 되는 좋은 사람이지만 연인으로는 지능 차이로 참을 수 없는 지경에 이르고 말 것이다. 예전부터 그것을 잘 알고 있었다. 그래서 나는 본능적으로 나가에를 감정이 지배하는 어떤 부분에서 떨어뜨려 놓았다.

본인은 모르겠지만 실제로 나와 같은 생각으로 나가에에게서 멀어진 여자들이 많았다. 너무 똑똑한 머리는 다른 사람에게 어떤 두려움을 불러일으킨다. 날카로운 칼은 눈앞에 직접 들이대지 않아도 공포심을 불러일으킨다. 평소에는 자상함에 둘러싸여 그런 면이 잘 보이지 않기 때문에 여자들이 그에게 이끌린다. 하지만 그의 내면—너무 번뜩이는 명석함—에 닿은 순간, 위험을 감지하고 멀어져 간다. 장점이 반대로 작용해서 여자들에게 인기가 없다는 것은 참으로 안타까운 일이다. 머리가 똑똑한 것도 무조건 좋다거나 나쁘다거나 한 마디로 단언할 수 없는 문제다.

정신을 차리고 탁자를 쳐다봤다. 탁자 한가운데 치즈 퐁뒤 냄비와 2개의 접시가 놓여 있었다. 접시에는 바게트와 로스햄, 감자, 아스파라거스 등이 담겨 있었다. 재료는 한입에 먹을 수 있는 크기였고, 미리 데칠 필요가 있는 것은 데쳐져 있었다. 아마 나가에가 준비했을 것이다. 이런 세심한 일에 있어서 나가에를 능가할 사람은 없었다.

냄비 안에서 치즈가 끓고 있었다.

"에멘탈과 그뤼에르 치즈에 백포도주를 붓고 녹였어."

나가에가 접시를 나눠 주며 설명했다.

"냄비 사용 설명서에 쓰여 있는 대로 근처 슈퍼에서 사 온 거야. 사실 나도 처음 먹어 보는 거라 이렇게 해도 되는 건지 잘 모르겠어."

"이 정도면 됐어."

차갑게 해 둔 와인을 꺼내며 구마이가 말했다.

"손잡이가 긴 포크 있지? 좋아하는 재료를 꽂아서 치즈를 묻혀 먹는 거야. 재료는 미리 준비해 둔 거지만, 따로 데울 필요 없이 뜨거운 치즈를 찍어서 먹으면 돼."

식품 회사에 다니기 때문인지 세상에 존재하는 온갖 음식을 아는 친구이다. 그런 구마이 말이니 틀림없을 것이다. 구마이는 설명을 이어갔다.

"이건 치즈 퐁뒤. 치즈와 와인 대신에 초콜릿을 우유에 녹이면 초콜릿 퐁뒤야. 기름을 사용하면 오일 퐁뒤가 되고."

뭔가 점점 사기꾼 냄새가 난다.

"그건 튀김 아냐?"

"그런 요리가 정말 있다니까."

"맞아."

옆에서 나가에가 불쑥 끼어들었다.

"초콜릿 퐁뒤는 요즘 유행하는 것 같아. 냄비 사용 설명서에 만드는 법이 적혀 있었어. 오일 퐁뒤는 잘 모르지만 이즈오시마 섬의 동백 기름으로 만드는 오일 퐁뒤가 유명하다고 어떤 잡지에 실려 있었어. 구마이, 와인."

"아, 그래." 하고 말하며 구마이가 와인 코르크에 따개를 돌려 끼웠다. 시원한 소리를 내며 병이 열렸다.

"오리건산이야."

구마이는 코를 벌름거렸다.

"미국 와인은 캘리포니아의 나파와 소노마가 유명하지만 오리건의 와인도 맛있지. 샤르도네라고 해도 달지 않고 맛이 무거워서 치즈 퐁뒤에 덮이지 않아. 오리건이라면 피노 누아르(프랑스 부르고뉴 지방에서 나는 최고급 적포도주를 만드는 포도 품종-옮긴이 주)도 괜찮지만 오늘은 치즈 퐁뒤에 곁들이는 거니까 샤르도네가 제일 잘 어울려."

"반 이상은 못 알아듣겠지만 구마이가 골라 온 와인이니 맛있겠지."

나는 와인을 잘 모른다. 지역과 품종, 수확 시기 등의 정보가 마구 뒤섞여 아마추어에게는 난해한 세계이다. 억지로 이해하려고 하느니 잘 아는 친구에게 맡겨두는 편이 낫다. 그리고 술은 구마이가 알아서 하게 두는 것이 지금까지의 경험으로 미뤄 보아 탁월한 생각이다.

구마이가 와인을 따라 주었다. 잔에 코를 대 보았다. 포도만이 아닌 여러 과일향이 콧속을 간질였다. 달지 않은 고상한 향기가 그윽하게 풍겼다.

"그럼, 치즈 퐁뒤를 먹어 볼까."

치즈 퐁뒤는 역시 빵부터 시작하는 것이 옳다. 긴 포크 끝으로 어슷하게 자른 바게트를 찔렀다.

"눌러 붙지 않게 냄비 바닥을 훑어가며 먹으면 더 좋고."

구마이의 조언대로 빵을 냄비 안에서 빙글 돌렸다. 빵을 들어 올리니 가는 실 모양이 생기면서 치즈가 빵을 에워쌌다. 나는 어릴 적 보았던 만화 '알프스 소녀 하이디'가 떠올랐다. 데지 않도록 조심스럽게 입으로 가져갔다.

입 안에 치즈 향이 퍼졌다. 유제품의 농축된 맛이 한꺼번에 혀 돌기를 자극했다. 그러나 결코 텁텁한 느낌은 아니었다. 퐁뒤에 넣은 백포도주의 청량감이 무겁게 느껴질 법한 치즈 향을 한결 가볍게 정리한 것이다.

그리고 오리건산 와인을 입에 머금었다. 여러 가지 과일 향에 탄산과 미네랄이 뒤섞인 신선하고 화려한 맛이 입 안에 퍼졌다. 천천히 삼켜 방금 치즈가 지나간 식도로 깔끔한 액체를 흘려 넘겼다. 소화 기관이 초기화되는 느낌에 언제까지고 계속해서 먹을 수 있을 것만 같았다.

"오호." 나가에가 감탄한 듯 말했다.

"이거 좋은데. 바게트도 부드러워지고."

로스 햄으로 냄비를 훑던 구마이가 고개를 끄덕였다.

"원래 딱딱해진 치즈나 빵을 맛있게 먹으려고 고안한 방법이니까."

"음, 정말 맛있네요."

아스카도 치즈 퐁뒤에 반한 것처럼 보였다. 사회생활을 하는 사람이니 입에 발린 소리를 하는 것일 수도 있지만, 목소리에 진심이 묻어나는 것을 보면 지금은 진짜인 것 같았다. 아스카는 혼잣말을 했다.

"그래. 이렇게 먹었다면 좋았을 텐데……."

"네?"

구마이가 물었다. 아스카는 내 쪽으로 몸을 기울이며 움찔했다.

"아……."

아스카는 당황한 표정이었다. 구마이는 그녀를 뚫어지게 바라보았다.

"스다 씨, 뭐라고 하신 거예요?"

"지금 제가 뭐라고……."

"'이렇게 먹었다면 좋았을 텐데'라고 했잖아요."

구마이가 계속해서 묻자 아스카는 이제야 자신이 한 말이 생각난 모양이었다. 그녀는 놀라서 손을 내저었다.

"별거 아니에요. 예전에 딱딱하게 굳은 빵을 선물 받았던 일이 생각나서요."

"선물 받았다고요?" 나와 구마이는 얼굴을 마주 보았다. "딱딱하게 굳은 빵을?"

"네……."

우리 반응에 아스카가 오히려 놀란 듯 보였다. 아스카의 동그란 눈이 더욱 커졌다.

어떻게 그럴 수가 있지? 빵을 선물할 수는 있지만 딱딱하게 굳은 빵은 너무하지 않은가. 도대체 어떤 상황이었을까.

"참 이상한 선물이군요."

나가에가 부드럽게 말했다.

"괜찮다면 얘기를 들려주시겠습니까? 술안주 삼아서 편하게요."

나가에의 부드러운 목소리는 긴장을 풀어 주는 효과가 있다. 아스카도 편안해진 듯 고개를 끄덕였다.

"네, 그렇게 대단한 얘기도 아니지만요."

아스카가 샤르도네를 한 모금 마셨다. "저도 아직 이해하지 못한 일이기도 해요."

"아, 알았다."

구마이가 손을 번쩍 들었다.

"예전에 시베리아 형무소에 억류된 적이 있는데 거기서 딱딱한 빵만 주더란 얘기인 거죠?"

나는 구마이를 째려보았다.

"술이 부족한 거야?"

맞아, 하면서 묘한 웃음을 지으며 구마이는 샤르도네를 마셨다. 나가에가 또 시작이라는 표정으로 구마이의 잔에 술을 따라 주었다.

"작년 3월의 일인데요."

구마이의 썰렁한 농담에 멋쩍어하던 아스카는 다시 생기를 찾아 입을 열었다.

"선배, 우리 부서의 다카사카 알죠? 딱딱한 빵을 준 사람이 바로 그예요."

다카사카라면 잘 알고 있다. 아스카와 같은 부서의 젊은 사원이다. 아스카보다 한 살 연하, 다시 말해 나에게는 3기 아래의 후배라는 얘기다. 잘생긴 얼굴은 절대 아니고……. 적절히 표현해 보자면, 장기 알 같은 얼굴이라고나 할까. 하지만 능력은 있었다. 작년 우리 회사에서 가장 잘 팔린 제품은 다카사카 팀이 개발한 것이다. 신제품 기획부답게 풍부한 창의성이 장점이라면 장점이다.

그런 다카사카가 아스카에게 딱딱한 빵을 주었다. 그가 아주 비상식적인 남자가 아니라는 것을 알고 있어서인지 더욱 이해하기 힘들었다.

"다카사카는 왜 그런 것을 준 걸까?"

내가 오래 생각하지 않고 바로 얘기하자 구마이가 말했다.

"나쓰미, 질문을 좀 확실하게 해 봐. '왜'라는 게 왜 선물을 줬냐는 거야, 아니면 왜 딱딱한 빵이었냐는 거야? 어느 쪽이야?"

나는 언짢은 목소리로 대답했다. "양쪽 다야."

"저어, 왜 딱딱한 빵이었는지는 잘 모르겠지만."

아스카가 은근히 험악해진 분위기 때문에 조마조마한 얼굴로 대답했다. 구마이가 괜찮다는 듯이 아스카에게 여유로운 웃음을 지어 줬다. 우리에게 이 정도는 가벼운 대화였지만 이런 걸 처음 본 아스카는 영문을 몰라 불안했을 것이다. 아스카는 구마이의 미소를 보고 조금 안심했다는 듯이 말을 계속했다.

"왜 선물을 했는지는 확실히 알아요. 화이트데이였기 때문이에요."

"그렇구나. 3월 14일이었나."

나는 히죽이며 아스카를 쳐다보았다.

"그럼 밸런타인데이에는 아스카가 초콜릿을 줬다는 말이네. 다카사카에게."

"같은 부서니까 준 거예요. 동료로서."

아스카는 얼굴을 붉히고 양손을 내저었다.

"우리 부서는 그날 남자 직원한테 초콜릿을 줘요. 선배네도 그렇지 않나요?"

사실 나도 같은 부서 남자 직원에게 매해 초콜릿을 준다. 구식이긴 하지만 분위기를 좋게 해 보자는 뜻에서 하고 있는 일이다. 그러고 보니 올해도 조금 있으면 밸런타인데이이다. 초콜릿을 또 준비해야 되겠구나.

"다카사카도 그래서 준 거예요. '500엔 규칙'이 있어서 딱 그 선에서 준비했어요."

"500엔 규칙?"

나가에는 어리둥절한 표정을 지었다. 아무리 나가에라도 모르는 건 당연했다. 설명을 듣지 않으면 알 수 없었다.

"밸런타인데이를 위해 부서에서 정한 규칙이에요. 남자 직원에게 초콜릿을 주려면 반드시 500엔 이하여야 한다는. 마찬가지로 화이트데이에도 지켜야 하고요."

"음." 구마이가 자신의 턱을 쥐었다.

"공평하게 하자는 뜻인가? 아니면 정말 좋아하는 마음이 있어도 회사 안에서는 자제하라는 뜻인가?"

"역시 구마이네. 둘 다 맞는 것 같은데."

나는 구마이를 향해 박수치며 아스카에게 얘기를 계속해 달라고 말했다. 그녀는 작게 끄덕였다.

"그래서 화이트데이에 여러 사람에게 답례를 받았는데, 그중에 다카사카의 선물이……."

"딱딱하게 굳은 빵이었다?"

구마이가 말을 받으며 포크로 바게트를 찔렀다.

"어떤 빵이었나요?"

"평범한 바게트였어요. 이것과 같은."

아스카가 빵을 냄비에 넣고 빙글 돌렸다.

"자르지 않은 빵을 통째로. 산 지 한참 지난 것 같은 딱딱한 빵이었어요."

"유명한 빵집 거였어?"

내 질문에 아스카는 고개를 저었다.

"아뇨, 회사 근처 '이스트 빵집'이었어요."

거기라면 잘 알고 있다. 나도 몇 번 가 본 적 있는, 여자 직원들이 가끔 점심으로 빵을 사 먹으러 가는 곳이다. 말하자면 회사 근처의 여직원 전용 빵집이다. 끊임없이 빵을 구워 내는 곳이긴 하지만 줄을 서서 사 먹을 정도는 아니다.

"숙성 빵을 파는 빵집인가요? 미몰레트 치즈 같은."

구마이가 숙성해서 만든 딱딱한 치즈를 예로 들어 질문했다. 프랑스 정치가가 널리 보급시켰다는 공 모양의 두껍고 단단한 미몰레트는 일본에서도 팔고 있다.

아스카가 다시 고개를 저었다.

"아뇨, 갓 구워낸 빵을 파는 보통 가게예요."

"그런가요."

구마이는 내 얼굴을 휙 쳐다봤다.

"너는 그 다카사카란 사람 알아?"

"응, 알아."

"어떤 사람이야? 설마 이상한 사람은 아닐 테고."

나는 세차게 고개를 끄덕였다.

"다카사카는 평범한 사고방식을 가진 사람이야. 신제품 기획부라서 아이디어를 중요시하는 일을 하니 즉흥적인 면은 있어도. 상상력이 풍부할 뿐이지 일상생활에서는 지극히 평범하지, 뭐. 적어도 너보다는."

"오늘 말이 좀 심해."

구마이가 입꼬리를 축 내렸다.

"평범한 사람이 화이트데이 선물로 딱딱한 빵을 줬다니, 더욱 확실한 의도가 있었다고 생각할 수밖에 없네."

"그래. 머리가 갑자기 이상해졌을 리는 없으니까."

그 의도를 모르겠으니까 아스카가 이상하다고 생각하는 것이겠지.

"스다 씨."

지금껏 침묵을 지키며 듣고만 있던 나가에가 입을 열었다.

"내심 걸리는 것은 없습니까? 크게는 아니라도 그저 마음에 짚이는 게 있으면 말씀해 주세요."

순간, 아스카의 얼굴이 흐려졌다. 생각을 파악하기 쉬운 성격이었다.

"내심이랄 것까지는 아니지만……."

역시 뭔가 떠오르는 것이 있는 모양이었다.

"뭐죠?"

"저어," 아스카는 곤란하다는 듯이 입술을 앙다물었다. "사실은 복수가 아니었을까……."

아스카는 슬퍼 보였다.

"아까 동료로서 선물했을 뿐이라고 했잖아. 그런데 무슨 복수?"

구마이가 내게 말했다.

"음, 그랬지."

"사실 저는 동료로서 선물한다는 걸 명확히 하려고 시중에서 파는 초콜릿을 샀어요. 다카사카 씨에게 주려고요."

당연하다. 나도 회사 사람들에게 초콜릿을 직접 만들어 줄 여유 따위 없다. 내가 이렇게 말하자 구마이는 고개를 저었다.

"이분이 말하고 싶은 것은 그런 게 아니지. 봐, 밸런타인데이가 다가오면 전용 상품들이 가판에 깔리잖아. 작은 초콜릿 네다섯 개를 포장해 놓은 거 말이야. 스다 씨는 그걸 산 게 아니라 슈퍼에 파는 그냥 초콜릿을 샀다는 거지. 스다 씨, 그렇죠?"

아스카는 그렇다는 듯이 미소 지었다. 여전히 조금은 슬퍼 보였다.

"맞아요. 슈퍼에서 100엔짜리 초콜릿을 다섯 개 사서 500엔 규칙을 지켰죠. 그걸 고무줄로 묶어서 '자요.' 하고 줬어요."

"그건 참……." 구마이가 히죽히죽 웃었다. "그랬군요."

아스카의 양 볼이 붉어졌다.

"나쁜 뜻으로 그런 건 아니에요."

나는 아스카의 말을 막았다.

"얘 말은 반대의 뜻이야."

"네에?"

"동료로서 주는 초콜릿이라 해도 보통은 전용 상품을 주지. 그런데 굳이 그런 초콜릿 다섯 개를 사서 줬잖아. 그게 더 특별해 보여. 오히려 동료로서 주는 초콜릿 같지 않은 느낌이야."

"아녜요. 그런 뜻은 절대 없었다고요."

아스카가 다시 양손을 내저었다. 알았으니까 포크 쥔 채로 손을 휘두르진 말아 줘. 너무 위험하잖아.

"아무튼 밸런타인데이에 그런 선물을 했기 때문에, 그분이 기분 나빠서 답례로 딱딱한 빵을 줬다고 생각하는 거군요."

나가에가 본래의 얘기로 되돌려 놓았다. 아스카의 표정도 침착해졌다. "네."

"그렇게 복수한 것 같다는 건 추측이고요."

"그런…… 거죠."

아스카는 고개를 숙였다. 지금까지의 행동으로 보아 다카사카를 좋아하는 게 틀림없었다. 그녀는 매우 솔직한 성격이지만 연애에 있어서는 그렇지 않은 것 같았다. 그리고 마음을 숨기기 위해 거꾸로 더 눈에 띄는 행동을 해 버리는, 이른바 자폭하는 유형이었다.

나가에가 내게 말했다.

"그가 그런 일을 할 사람 같아? 끈질기게 물고 늘어진다든가 앙갚음을 할 만한 사람이냔 말이야."

"그런 사람은 아니야."

나는 바로 대답했다.

"적어도 그런 음침한 성격은 아니지."

내가 대답을 마치자 아스카는 기다렸다는 듯 고개를 끄덕였다. 자신이 좋아하는 사람은 그런 사람이 아니라는 의미일 것이다. 하지만 이렇게 고개를 끄덕이는 사람이 복수를 당했다고 생각하고 있는 상황이다. 모순을 깨닫지 못하는 게 바로 연애인가.

"그럼 그가 복수를 한 게 아니라는 전제하에 생각해 보자고."

이의는 없었다. 나도, 구마이도 동의했다. 그럼, 하고 말하며 구마이가 아스카를 보았다.

"스다 씨. 그는 많이 바쁜가요?"

아스카는 고개를 끄덕였다.

"네. 그 부서는 신제품 고안도 하고, 각 부서의 기획도 맡고 있어요. 그래서 자질구레한 일이 많아 10시 전에 집에 간 적이 없어요."

"그렇군요."

구마이는 치즈를 푹 찍은 아스파라거스를 입에 넣었다.

"빵집 영업 시간은 몇 시부터 몇 시까지죠?"

"음……."

아스카는 천장을 올려다보았다.

"정확하게 기억은 안 나지만 아마 오전 10시부터 오후 7시까지일 거예요."

"그렇군요." 구마이는 같은 말을 반복했다. "빵집 영업 시간이 근무 시간과 겹치네요. 근데 다카사카 씨는 어떻게 빵을 샀을까요?"

"아……."

아스카는 열심히 머리를 굴려 보려는 듯 오른쪽 손가락 끝을 관자놀이에 댔다.

"아마도 점심시간이나, 일하다가 잠깐 나가서 사 왔겠지요. 선물을 받은 것은 저녁 무렵이었으니까요."

구마이는 알겠다는 듯 고개를 끄덕거렸다.

"그렇겠군요. 또 한 가지. 다카사카 씨는 덜렁대는 사람입니까, 꼼꼼한 사람입니까?"

"둘 중 하나라면 꼼꼼한 편일 거예요. 그리 덜렁대는 사람은 아니에요."

구마이가 나와 나가에를 번갈아 보았다.

"어쩌다 일찍 끝난 날에 미리 빵을 사뒀다가 선물했을 리는 없겠군요. 빵 맛이 변할지도 모르니."

"당연하지." 나는 어이가 없었다.

"아무리 주의 깊지 않다고 해도 모든 사람이 갓 구워낸 빵을 좋아한다는 것쯤이야 알고 있겠지."

하지만 구마이는 손을 들어 내 말을 막았다.

"그런 것을 말하는 게 아냐. 꼼꼼한 사람이 일부러 오래된 빵을 준 이유를 알아야 해서 그래."

"지금 한창 생각하고 있는 중이잖아" 하고 말하자 구마이는 잘난 척하듯 고개를 저었다.

"지금 스다 씨 대답에서 생각난 게 있어. 빵집에서 굳은 빵을 진열해 놨을 리가 없잖아. 그러니까 그가 화이트데이 당일에 다급하게 빵을 샀는데 때마침 오래돼서 딱딱하게 굳은 빵이었다는 건 말도 안 되지. 그는 화이트데이 훨씬 전에 빵을 사 놓은 거야. 그리고 빵이 딱딱해지길 기다렸다가 스다 씨에게 준 거지. 그의 행동에서 일관된 의지를 느낄 수 있어."

"아, 그렇구나."

구마이의 말대로다. 얘도 꽤나 똑똑하다. 구마이는 말을 이었다.

"딱딱해진 빵은 쓸데가 없지. 그도 잘 알고 있었을 거야. 그런데도 그 빵을 선물로 준 이유는, 스다 씨에게 먹이고 싶지 않아서가 아닐까?"

"그게 무슨 말이야?"

나와 아스카가 말했다. 빵을 주고 빵을 먹지 않게 했다는 게 대체 무슨 뜻인가. 우리 반응에 만족한 듯 구마이의 입꼬리가 올라갔다.

"반대로 그에게는 빵을 먹여서는 안 될 이유가 있었는지도 몰라. 어떤 이유인지는 모르겠지만."

나는 몸을 앞으로 내밀었다. 그러자 구마이가 단번에 결론을 내렸다.

"예를 들면 빵 속에 다이아 반지가 들어 있었다던가."

단번에 힘이 빠졌다. 잔뜩 기대를 불어넣어 놓고, 한달음에 도망을 쳤다. 아스카도 실망한 표정으로 고개를 저었다.

"빵을 잘 살펴보았지만 그런 것은 들어 있지 않았어요."

"그럼 빵 안에 방수로 된 종이가 들어 있었는데, 그게 연애편지였다는……."

"무슨 스파이 소설도 아니고."

구마이는 시베리아 형무소에 머리를 두고 온 모양이었다. 이제 나가에를 믿어 보는 수밖에 없었다.

"너는 생각하고 있는 거 없어?"

구마이가 말하는 중에도 계속 치즈 퐁뒤를 돌돌 말고 있던 그는 겨우 포크를 내려놓았다.

"응. 스다 씨에게 말해 두고 싶은 게 있긴 한데."

"뭔데?"

나가에는 와인을 한 모금 마시고 아스카에게 말했다.

"스다 씨. 작년 밸런타인데이에 시중에 파는 초콜릿을 다섯 개 묶어서 다카사카 씨에게 줬다고 했죠?"

"네."

아물지 않은 상처를 누가 만진 것처럼 흠칫하며 아스카가 눈을 내리깔았다. 하지만 나가에는 그녀의 모습에 아무 반응도 하지 않았다.

"그러면 제 조언은 하나입니다." 나가에는 말했다.

"올해도 같은 선물을 줘야 해요."

좁은 원룸이 조용해졌다. 구마이도, 나도 그리고 아스카도 해야 할 말을 찾지 못해 가만히 있었다. 나가에는 할 말을 다 했다는 듯이 치즈 냄비에 소시지를 빠뜨렸다.

"저기, 요스코."

구마이가 낮은 목소리로 나가에를 불렀다. "무슨 뜻이야?"

"말 그대로야."

나가에는 소시지를 입에 넣었다. 앗, 뜨거, 하고 한 번 씹더니 꿀꺽 삼켰다.

"올해 밸런타인데이에도 작년과 똑같은 걸 선물하라고 말했어. 그치?"

"뭐가 그치야?"

구마이가 와인을 한 번에 들이켰다. 나가에는 빈 잔에 와인을 따라주었다.

"그 복수로 오래된 빵을 받은 것 같아서 고민하고 있잖아. 한 번 더 그랬다간 싸움날 거야."

나가에는 머리를 긁적였다.

"아니야. 아무튼 작년의 실패를 만회하기 위해서라도 똑같이 해야 돼."

"아, 모르겠다 나는." 구마이가 천장을 바라보았다. "도대체 무슨 말이야?"

"어렵게 생각할 것 없어."

나가에는 쓴웃음을 지었다.

"나는 아주 단순하게 생각했어. 그랬더니 그의 의도가 보인 거야."

아스카가 힘을 내서 물었다. "어떤 의도요?"

나가에는 부드러운 미소로 손님에게 말했다.

"작년 일은 다카사카 씨의 지나친 억측이 아니었나 싶어요."

"지나친 억측이요?"

그것은 아스카가 이 집에 오자마자 한 것이 아닌가. 나가에와 나를 엮었지. 나가에는 고개를 끄덕였다.

"그는 무엇을 지나치게 생각했을까요? 스다 씨가 준 그 초콜릿이겠죠. 스다 씨가 그런 선물을 골랐기 때문에 문제가 생긴 겁니다. 아까 나쓰미는 직장 동료에게 밸런타인데이용 초콜릿을 준다고 했어요. 저희 회사에서도 밸런타인데이에 그런 초콜릿을 주고받아요. 그런데 스다 씨 선물은 달랐어요. 다른 초콜릿과 비교돼서 더 눈에 띄었겠지요."

"저는 확실히 하려고……."

"스다 씨는 그럴 작정이었겠지만, 다른 사람은 그렇게 생각하지 않아요. 그도 마찬가지였을 겁니다. 단순히 동료로서 준 초콜릿이라고 생각했다면 흔한 화이트데이용 사탕으로 답례했겠죠. 아니면 좀 더 재치 있게 100엔짜리 사탕이나 쿠키를 다섯 개 줬든지요."

정말 그렇다. 별 뜻 없이 준 초콜릿이라고 생각했다면 되갚아 주려고 하지 않고, 화이트데이용 사탕을 줬을 것이다.

"그는 평범하지 않은 선물을 보고 동료로서 준 게 아니라고 생각했어요. 하지만 여자가 좋아하는 남자에게 선물한 초콜릿으로도 보이지 않았지요. 그래서 그는 다섯 개의 초콜릿

묶음이 가진 의미를 생각했어요. 어떤 메시지가 담긴 것일까 하고."

나는 침을 꿀꺽 삼켰다.

"……그는 어떤 메시지를 읽어낸 거지?"

나가에는 고개를 한 번 끄덕였다.

"짐작일 뿐이지만, 그가 중요하게 생각한 건 양이었던 것 같아."

"양?"

무슨 뜻인지도 모르면서 앵무새처럼 따라했다. 한 발 늦게 '초콜릿의 양'이라는 것을 깨달았다.

"그래. 남자 혼자 먹기에 초콜릿 다섯 개는 좀 많잖아. 밸런 타인데이용이라면 낱개로 된 작은 초콜릿 네다섯 개 정도였 겠지만. 왜 이렇게 많이 줬는지 생각했을 거야. 그리고 결론을 내렸지. 이것은 그대로 먹기 위한 것은 아니라고."

"뭐?"

조금 전, 빵을 먹으라고 준 것은 아닐 거라고 말했던 구마이 가 놀라며 대답했다. 하지만 나가에는 고개를 저었다.

"그렇다고 초콜릿 속에 방수 종이에 쓴 연애 편지가 들어 있 었다는 건 아냐."

구마이는 기분 나빠하며 고개를 돌렸다. 하지만 나는 불현

듯 떠오른 생각이 있었다.

"혹시 함께 먹자는 메시지를 보냈다고 생각한 거야? 혼자 먹기엔 많은 양이니까."

"비슷해." 나가에가 와인을 마셨다. "하지만 둘이 먹기에도 많아."

"그럼 뭐야?"

"모르겠어?"

나가에는 냄비 가장자리를 포크로 가볍게 쳤다. 칭, 소리를 듣는 순간, 나의 머릿속에서 폭죽이 터졌다.

"앗!"

구마이도 감탄했다.

"혹시 초콜릿 퐁뒤?"

"맞아."

나가에는 웃었다.

"좋은 생각이지. 혼자 먹기에도, 둘이 먹기에도 많은 초콜릿. 게다가 아무것도 섞이지 않은 초콜릿을 많이 보냈어. 그는 단순히 먹으라고 준 선물이 아님을 깨달았어. 그래서 초콜릿 퐁뒤에 생각이 다다른 거야. 신제품 기획부니까 최신 유행에도 밝겠지. 다섯 개의 초콜릿에 우유를 부어서 녹이면 초콜릿 퐁뒤를 만들 수 있겠다고 생각했어. 스다 씨의 선물에 '퐁뒤를 같이 만들어 먹어요.'라는 메시지가 담겨 있다고 추측한 거지."

나는 탁자 위를 멍하니 쳐다보았다. 조금 남은 치즈가 칙칙 소리를 내며 끓고 있었다. 정답은 눈앞에 있었던 셈이다.

그쯤 듣자 다음을 짐작할 수 있었지만 구마이가 나를 앞질러 말했다.

"맞네. 밸런타인데이에 초콜릿 퐁뒤 재료를 받았다고 생각한 그는, 그에 어울리는 화이트데이 선물이 필요했을 거야. 그래서 찍어먹을 수 있는 걸 준비한 거야. 가장 인기 있는 것은 빵이니까. 하지만 평범한 빵을 주면 그냥 먹어 버릴 수도 있으니 며칠 전에 빵을 사서 일부러 딱딱하게 굳힌 거야. 그러면 눈치 채지 않을까 해서. 뜨거운 초콜릿에 담그면 딱딱한 빵도 맛있게 먹을 수 있잖아."

"하지만 아스카는 그걸 몰랐어."

내가 뒷부분을 마무리 지었다. 당연했다. 그녀는 그런 메시지를 보낸 게 아니었으니까.

나가에의 얘기는 그럴싸했다. 상상력이 너무나 풍부한 우수 사원 다카사카. 나가에는 작은 행동이나 짧은 말로 사람의 마음을 추측하기는 어렵다고 했다. 정확했다. 다카사카는 초콜릿을 준 작은 행동에서 아스카의 마음을 읽으려고 했다. 그리고 멋지게 틀렸다. 말하자면 지나친 억측이었다. 생각이 여기까지 미치자 퍼뜩 떠오르는 게 있었다. 지나친 억측이라면 아스카도 잘하는 것이었다.

뭐야. 두 사람은 서로 닮은꼴이잖아. 아스카는 좋아하는 감정을 숨긴 채 동료일 뿐이라고 일부러 강조하다가 반대로 주의를 끌어 버렸다. 그리고 그것을 지나치게 억측한 다카사카가 엉뚱한 대답을 보내왔다. 똑똑하긴 하지만 상상을 지나치게 하는 두 사람이 만나 이런 오해가 생긴 것이다.

"스다 씨."

나가에는 새삼스레 손님의 이름을 나직이 불렀다.

"빗나가긴 했지만 그는 당신의 메시지에 대답했어요. 그 이유를 이젠 아시겠지요?"

아스카는 바로 답하지 못했다. 그녀는 사건을 모두 이해하게 되면서 처음에는 벅찬 기쁨에 어쩔 줄을 몰라 했다. 하지만 점차 미안한 마음이 드는지 심정이 복잡해 보였다.

"작년 화이트데이에 다카사카 씨는 메시지를 보낸 거예요."

나가에는 말을 이었다.

"하지만 스다 씨는 어떤 반응도 하지 않았죠. 그는 아마 실망했을 겁니다."

"그래서 같은 선물을 보내라고 한 거구나."

나는 이제야 수수께끼를 푼 기분이었다.

"초콜릿 퐁뒤라고 확실히 해 두기 위해."

나가에는 어느샌가 오른손에 종이를 쥐고 있었다. 힐끔 보니 퐁뒤 냄비 사용 설명서였다. 그 종이에는 초콜릿 퐁뒤 만드는 법이 적혀 있다고 했다.

"이걸 드릴 테니 슈퍼에서 초콜릿 다섯 개를 사서 같이 보내세요. 그러면 어긋날 리가 없을 겁니다."

"고, 고맙습니다."

아스카는 인사를 하고 사용 설명서를 건네받았다. 눈가가 촉촉이 젖어 있었다. 그가 화난 게 아니라는 사실에 안심돼서일까. 아니면 자신의 마음을 알아준 게 기뻐서일까. 아님 이 모든 걸 알려 준 나가에가 고마워서일까. 아마도 전부 다일 테지.

"돌아올 화이트데이가 기대되네요."

나가에가 이렇게 말하자 구마이가 고개를 저었다.

"아니, 틀렸어."

"뭐?"

"너는 가장 중요한 걸 틀렸어."

무슨 말이지? 나가에 얘기에서 이상한 부분은 없었는데. 나가에도 가볍게 고개를 갸웃했다. 구마이는 아주 진지한 얼굴로 냄비를 바라보았다.

"어째서 기다리라는 거야? 내 말은 화이트데이까지 기다려서 딱딱한 빵을 받을 필요가 있냐는 거야."

구마이가 아스카를 향해 말했다.

"이 시간이면 전철역 앞 상가는 아직 문 닫지 않았을 거예요. 거기서 퐁뒤 냄비를 팔지요."

무뚝뚝한 성격의 구마이로서는 최고로 상냥한 말이었다.

아스카가 동그란 눈을 크게 떴다. 잠시 그대로 멈춰 있다가 곧 자리에서 일어섰다.

"여러분, 정말 고마워요. 그럼 먼저 실례할게요."

허겁지겁 외투를 입는 아스카를 향해 내가 말했다.

"혼자 갈 수 있겠어?"

뒤돌아보는 그녀의 얼굴에서 빛이 났다.

"그럼요."

오늘의 손님은 그렇게 짧은 말을 남기고 서둘러 돌아갔다. 방에는 휑하니 세 사람만 남았다.

"구마이, 정말 훌륭한데?"

나가에가 감탄한 듯 말했다. 구마이는 감자를 포크에 꽂아 치즈를 둘렀다.

"마음은 이미 여길 떠나 있는데 붙잡아 둘 거 없지."

"그러네." 나가에는 잔에 와인을 따르고 한 모금 마셨다.

"네 말이 맞아."

손님은 가 버렸지만 내 마음은 벅차올랐다. 후배가 제 짝을 찾은 것도 기뻤지만 나가에와 구마이가 도와줬다는 게 더 기뻤다. 역시 둘이 내 친구여서 다행이다……. 왠지 와인에 취해서 머리가 이상해진 것 같았다.

나는 나가에에게 와인 병을 건네받으며 퍼뜩 떠오른 생각을 말했다.

"그래! 다음 술자리에는 그 둘을 불러다 초콜릿 퐁뒤를 해 먹자."

멋진 계획이라고 생각했는데 구마이가 고개를 저었다.

"관둬. 너무 뜨거워서 입 안을 온통 데고 말 거야."

나와 나가에는 고개를 떨궜다. 이런 중늙은이 같으니.

나는 냉랭하게 쳐다보며 말했다.

"구마이, 술이 모자라잖아."

천천히
시간을 들여서

시간이 해결해 준다는 말이 있다.

현대 사회에서는 시간이 지나가길 기다려 줄 수 없는 경우가 더 많지만 시간이 필요한 일은 언제나 존재한다. 가령 내가 지금 눈앞에 마주하고 있는 이것이 그렇다.

돼지고기 찜을 만드는 일이야말로 시간을 충분히 들이는 것이 중요하다.

나가에 다카아키가 문자 메시지를 보낸 것은 어젯밤 늦은 시간이었다. 수신자는 언제나처럼 나와 구마이였다.

[시험 삼아 돼지고기 찜을 만들어 봤더니 정말 맛이 좋네. 술안주로 안성맞춤이야.]

늘 간결하게 메시지를 보내는 나가에가 이모티콘까지 쓰다니. 생각보다 맛있게 돼서 기쁜 모양이었다. 구마이가 대답했다.

[술 들고 갈 테니 혼자 먹어 치우지 마.]

세 사람은 즉각 한마음이 되어, 내일 일을 마치고 나가에 집에 모이기로 했다. 내일은 금요일인데도 약속 하나 없다니 요즘 젊은 사람들답지 않다는 생각이 들었다.

서둘러 일을 끝내니 장맛비가 내리기 시작했다. 전철을 타고 나가에의 원룸 빌라로 향했다. 이 집을 도대체 얼마나 드나들었는지 이젠 셀 수조차 없다. 애인도 아닌 남자의 집을 수도 없이 들락거리다니 스스로 생각해도 한심한 노릇이었다. 술을 마신 뒤에 자고 온 적도 많았지만 결코 아무 일도 일어나지 않았다. 아마 오늘도 그런 날일 것이다. 우리는 연애할 상대가 아니라 술과 음식을 나눌 상대가 필요한 것일지도 모른다.

오늘도 전철 안에서 돼지고기 찜만 생각했다. 나가에는 식도락가는 아니지만 미각이 나름 발달되었다. 그런 그가 맛있다고 말했으니 기대를 해도 좋았다. 나는 전철에서 내려 설레는 마음으로 상점가를 지났다.

집에 들어서자 세 명이 나를 기다리고 있었다. 집주인인 나가에와 친구 구마이, 그리고 오늘 밤의 손님으로 보이는 남자.

"아카오라고 합니다. 나가에에게 언제나 신세가 많습니다."

내가 탁자에 앉자 남자는 정중하게 인사를 했다. 늘씬한 몸, 면도 자국이 거뭇한 구릿빛 얼굴, 온몸에 군살이라고는 없는 마라톤 선수 같은 분위기의 사람이었다.

"아카오는 민간 기업 소속으로, 지금은 우리 연구소에서 같이 일하고 있어. 돼지고기 찜을 굉장히 좋아한다고 해서 데려 왔지."

나가에가 설명해 주었다.

나가에는 그 우수한 두뇌를 어디에 써야 하나 고민하다가 연구자의 길을 택했다. 현재는 국립 요상한 연구소에서 요상 한 연구를 하는 걸로 알고 있다. 왜 요상하느냐면 나가에가 연 구 내용을 절대 가르쳐 주지 않기 때문이다. "세금으로 이런 쓸데없는 연구를 하고 있다는 게 알려지면 사회 문제가 될 거 야."라는 나가에 말을, 나와 구마이는 철썩 같이 믿고 있었다. 설명해 준다 해도 알아듣지 못할 게 뻔해서 굳이 캐물을 생각 도 없었다.

오늘의 손님으로 온 아카오 씨도 역시 나가에처럼 알 수 없 는 연구를 하고 있을 것이다. 나는 일주일 동안 지친 머리를 복잡하게 만들고 싶지 않아서 그들의 일에 관해 더 이상 관심을 두지 않기로 했다.

"근무하시는 회사는 어떤 곳인가요?"

구마이가 거리낌 없이 물었다. 아카오 씨는 조금 부끄러워하며 "시나가와 화학 공업입니다."라고 대답했다.

구마이가 휘파람 부는 시늉을 했다. 시나가와 화학 공업이라면 나도 잘 알고 있다. 압도적인 연구 개발력으로 다양한 분야의 핵심 부품을 공급하는 독보적인 회사다. 자신과 비슷한 수준의 친구를 데리고 와서 그런지 나가에는 오늘따라 즐거운 표정이었다.

"일류 회사잖아. 됐어. 나쓰미, 이 사람 잡아."

구마이가 가볍게 입을 놀렸다. 나도, 나가에도 무시했다.

"나쓰미도 왔으니 음식 내올게."

나가에는 메인 요리를 가지러 부엌으로 갔다.

따뜻하게 데운 돼지고기 찜이 탁자 위에 놓였다. 한 면이 5센티는 돼 보이는 돼지고기 편육과 노릇한 삶은 달걀이 그릇에 수북이 담겨 있었다. 냄새도 좋고 윤기도 적당해서 식욕을 돋웠다.

구마이가 술병을 꺼냈다. 4홉들이(720ml)보다 약간 작은 투명한 병이었다. 안에 든 술도 투명했다.

"돼지고기 찜이니까 아와모리(류큐 제도에서 나는 좁쌀이나 쌀로 담근 소주-옮긴이 주)를 골랐지. 숙성시킨 거 말고, 일부러 보통 아와모리로 가져왔어. 이게 잘 맞을 것 같아서."

오키나와 요리 교실에 다닐 때 마셔 본 적 있다. 꺼려지는 맛은 아니었다.

"그러고 보니 오키나와에서도 돼지고기 찜을 먹지. 라후테(오키나와 향토 요리로 삼겹살을 간장과 아와모리로 맛을 내 쪄낸 요리-옮긴이 주)라는 요리는 알고 있긴 한데. 그렇다면 돼지고기 찜이랑 딱 맞겠어."

"오키나와식으로 만든 건 아냐."

나가에가 중얼거리자 구마이가 웃으며 말했다.

"뭐야, 그냥 맛있게 먹자고. 잘 맞을 것 같은데 무슨 걱정이야?"

구마이는 아는 것도 많은 인간이지만 이럴 때 아주 적절한 말을 할 줄도 안다. 맞아. 모여서 즐겁게 먹으면 술이건 안주건 다 맛있지, 안 맞을 게 뭐람.

구마이는 나가에가 가져다 준 물과 얼음을 타서 솜씨 좋게 네 명이 마실 아와모리를 준비했다. 나가에는 그 옆에서 찜을 접시에 나누어 담았다.

"그럼 편하게 들어."

나가에의 말에 건배를 했다. 그리고는 바로 따뜻하게 데운 돼지고기 쪽으로 눈을 돌렸다. 접시 한 쪽에 튜브에 든 겨자를 짜 놓았다.

젓가락으로 돼지고기를 갈랐다. 표면은 다소 딱딱했지만 조금 힘을 주자 쉽게 잘라졌다. 고기를 젓가락으로 집어 입에 넣었다.

따끈하면서 살살 녹는다는 표현이 적당할까. 씹는 내내 간장이 섞인 육즙이 입 안에 퍼졌다. 거기에 고기 기름의 부드러움과 감칠맛이 더해져, 입이 이루 말할 수 없는 사치를 누렸다. 고기를 삼키고 바로 아와모리를 마셨다.

아와모리는 원래 시원스런 맛이 느껴지는 술이다. 그 막힘 없는 상쾌함이 돼지고기 기름의 느끼한 맛을 날려 버렸다. 훌륭히 어울렸다. 구마이가 숙성시키지 않은 술을 선택한 이유를 알 것 같았다. 숙성시킨 술의 묵직한 맛보다는 젊은 아와모리의 시원한 맛이 돼지고기에 어울린다고 생각했을 것이다.

"우와, 괜찮은데." 구마이의 입꼬리가 올라갔다. "훌륭해, 훌륭해."

"정말 그렇군요." 아카오 씨도 젓가락질을 부지런히 하며 나가에에게 말했다.

"부드럽고 맛도 잘 스며들었어. 푹 익혔나 봐."

"미리 한 시간 찌고, 두 시간이나 조렸어."

나가에가 빙그레 웃으며 모두가 맛있게 먹는 모습을 바라봤다. 나는 눈이 동그랗게 커졌다.

"그렇게나 오래 걸렸어? 바쁜 줄 알았더니 시간이 있었던 거야?"

"바쁘긴 하지만 집에 돌아와서 자기 전까지 세 시간은 있지."

나가에는 살짝 손을 내저었다.

"불 위에 냄비를 올리고 그냥 내버려 두면 되니까. 그동안 샤워도 하고 책도 읽어. 느긋하게 시간을 들이면 되니까 평상시처럼 생활할 수 있어."

"그건 알지만 실제로 만들다 보면 신경이 쓰이겠지. 아무튼 잘했어."

구마이가 감탄하며 칭찬했다. 구마이는 식품 회사에 다니고 있어서 음식에 관해선 해박하지만 요리하는 것을 좋아하진 않는다. 그래서 나가에의 행동력에 감탄하는 것이다.

"돼지고기 찜은 압력솥으로 하면 단시간에 되는데. 그런 거창한 도구를 쓴 것도 아니잖아?"

"안 썼어."

"역시 훌륭하네."

구마이가 솔직하게 나가에를 칭찬하는 일은 좀처럼 없다.

그만큼 돼지고기 찜이 맛있다는 말이다.

"네, 돼지고기 찜은 푹 찌지 않으면 뻣뻣해서 맛이 없어요."

아카오 씨가 고기를 입에 넣으며 말했다.

"……?"

진지한 말투가 마음에 조금 걸렸다. 구마이도 느꼈는지 열심히 하던 젓가락질을 멈췄다.

"이상하게 마음이 담긴 말인 것 같네요."

아카오 씨는 나를 휙 쳐다보았다.

"아…… 그런가요?"

"뻣뻣한 돼지고기 찜이라니, 무슨 사연이라도?"

구마이가 뒤이어 물었다. 아카오 씨가 당황한 얼굴로 아와모리를 마셨다.

"아뇨."

곤란한 표정이었다. 아마도 구마이가 상처를 건드린 모양이었다. 돼지고기 찜을 먹다가 떠올리고 싶지 않은 기억이 생각난 건가.

"대단한 얘기는 아닙니다. 전에 덜 찐 돼지고기 찜을 먹은 적 있어서요."

아카오 씨는 미소 띤 얼굴로 다시 돌아왔다. 그렇지만 방금 전에는 뭔가 어색했다. 그에게는 분명 돼지고기 찜에 관한 어떤 기억이 있어 보였다.

"얘기해 봐. 이 친구들은 비웃거나 하는 사람들이 아니니까."

나가에가 옆에서 거들었다. 듣는 상대를 안심시키는 부드러운 말투였다. 아카오 씨는 다시 난처해했지만 더 이상 숨길 생각은 없어 보였다.

"아니, 정말 부끄러운 얘기야. 사귀던 여자와 헤어졌을 때가 생각났거든."

돼지고기 찜과 여자. 이상한 조합이었다. 아카오 씨가 머리를 긁적였다.

"너한테 전 여자친구 얘기 안 했었지?"

나가에는 멍하니 뭔가를 생각해 보다가 말했다.

"응, 생각나는 게 없네."

"말 안 했을 거야. 너는 그런 얘기에 흥미 없어 했으니까."

동감이다. 나가에는 다른 사람의 연애 이야기에는 그다지 관심이 없었다. 아니, 다른 사람만이 아니라 자신에 대해서도 마찬가지였다. 학교 다닐 때 몇 명의 여자들이 나가에에게 관심을 갖고 다가왔지만, 그 예리한 두뇌에 두려움을 느끼고 멀어졌다. 그것을 나가에라는 남자는 전혀 눈치 채지 못했다. 말하자면 둔한 거였다.

"예전에 같은 회사 사람과 사귀었어. 1년 후배이고 마케팅

부였지. 규슈 출신이었는데, 그곳 식으로 돼지고기 찜을 자주 만들어 주었어."

"그 돼지고기가 뻣뻣했다는 거군요."

구마이가 바로 받아 말했다. 그리고는 계속해서 "그 이유로 헤어졌군요."라고 말할까 봐 조마조마했지만 아무리 구마이라도 그렇게까지 눈치 없진 않았다.

구마이 말을 듣고 아카오 씨는 고개를 저었다.

"항상 시간을 들여서 부드럽게 만들어 주었어요. 오늘 나가에가 만든 것처럼."

손수, 게다가 시간이 많이 걸리는 음식을 만들어 주곤 했다는 것은 상당히 깊은 관계였다는 것이다. 내가 그렇게 묻자 아카오 씨는 안타까운 표정을 지었다.

"처음엔 그랬죠. 하지만 제가 일에 쫓겨 함께할 시간이 적어지고, 그녀도 마케팅 공부를 위해 미국 유학을 생각하기 시작한 즈음일 겁니다."

"미국에서 마케팅 공부라면 MBA 말인가요?"

구마이가 말을 앞질렀다. MBA라면 경영학 석사 과정으로, 나도 들은 적이 있다. 이만저만한 노력을 해야 하는 게 아니지만, 학위를 취득하기만 하면 세계 비즈니스 업계에서 커다란 무기를 갖게 되는 것이란 사실은 알고 있다. 아카오 씨가 구마이를 보고 고개를 끄덕거렸다.

"전부터 관심이 많아서 영어 공부도 하고, 정보도 수집하고 있었던 모양인데, 안타깝게도 저희 회사에는 아직 직원을 MBA에 유학 보내는 제도가 없어요. 그래서 회사를 그만 두고 갈 수밖에 없지요. 바빠서 같이 얘기를 나누지 못했던 제 잘못이 커요. 결국 그녀는 혼자서 고민하다가 결론을 내렸죠. 가야 겠다고."

"대단한 분이군요."

나는 진심으로 말했다. 대학을 졸업하자 나는 공부라는 것에 넌덜머리가 났다. 하물며 취직을 해서 하루하루 일에 쫓기는 판국에 새삼스레 공부를 시작하려는 생각은 해 본 적이 없다. 세상 어느 구석에든 잘난 사람은 있기 마련이다.

아카오 씨는 아와모리 잔을 기울였다.

"그녀의 미국행을 계기로 과감하게 헤어지기로 마음먹었죠. 싸운 것도, 싫어진 것도 아니었지만 장거리 연애는 할 수 없다고 판단했어요. 서로 아직 젊은데 무던히 기다리기만 할 수 없었던 겁니다. 그저 인연이 아니라고 여겼어요."

아카오 씨는 차라리 잘 되었다고 생각하는 것 같았다.

"그게 작년 8월이에요. 지금도 가끔씩 메일이 오는데, 뉴욕의 콜롬비아 대학에서 열심히 공부하고 있답니다."

"미련은 없는 건가요?"

나도 모르게 묻고 말았다. 이야기를 통해 알게 된 사람이지만 이대로 헤어지기엔 너무 아까운 여자라는 생각이 들었다. 아카오 씨는 힘없이 미소를 지었다.

"미련은 남아 있죠. 솔직히 말하면 지금도 그렇고요. 우리 결혼해 버릴까 하고 얘기하곤 했거든요. 하지만 뭐, 이젠 어쩔 수 없는 일이죠."

"그렇겠네요."

구마이는 그렇게 말을 하며 나를 쳐다보았다.

"회사 직원 중에 장거리 연애를 하다가 결혼한 사람이 있어. 그 사람이 그러는데, 장거리 연애를 하려면 끊임없는 노력이 필요하대. 시간을 할애해서 상대가 나를 잊지 않게 하거나, 내가 상대를 잊지 않도록 해야 한다고. 그렇지 않으면 금방 헤어지게 된대. 그러니 이 두 사람은 어렵지. 그분은 외국에서 공부에 전념해야 했을걸. 초반에는 눈 떠서 잠들 때까지 영어 공부를 했을 거야. 또 어려운 경영학 논문을 원서로 읽고, 토론도 해야 했겠지. 아마 수업이 끝나면 녹초가 되었을 거야. 그런 지경인데 상대를 놓치지 않기 위해 노력을 기울여야 한다니. 도저히 무리였겠지."

"바로 그거예요."

아카오 씨가 고개를 크게 끄덕였다.

"게다가 태평양을 사이에 둔 장거리 연애였어요. 관계를 유지하기 위한 노력을 기울이기엔 너무 멀었어요. 그래서 헤어지는 슬픔보다 헤어지지 않고 견디는 고통이 더 크다고 생각했습니다."

왠지 무거운 얘기가 되어 버렸다. 어느새인가 사귀고, 어느새인가 헤어지는 내 연애와는 다른 세계의 이야기 같았다.

그것 말고도 내가 위화감을 느낀 부분이 또 있었다. 그녀의 MBA 취득과 돼지고기 찜은 무슨 관계가 있는 것일까. 나는 물었다.

"그래서 뻣뻣한 돼지고기 찜은 어떻게 된 건가요?"

"맞아, 그 얘기를 하고 있었지."

구마이가 말했다. 연애담에 빠져 완전히 잊어버리고 있었던 것 같았다.

"아까 듣기로는 그녀가 뻣뻣한 돼지고기 찜을 만들어 줬다는 건데."

"네, 평소에는 부드러웠어요. 그런데 딱 한 번 뻣뻣했지요."

그가 쓸쓸하게 웃었다.

"여러 이유가 있었겠지만, 양념이 배지 않아서 무척 짧은 시간에 만들었다는 걸 금방 알 수 있었어요. 하지만 만든 사람을 생각해서 아무 말 않고 조용히 먹었어요. 지금 돌이켜보면 그녀가 유학을 결심한 시기였어요. 그때껏 맛있었던 음식이 갑자기 맛없어지다니. 드디어 결심을 했구나, 하고 바로 알아차렸지요."

그가 입을 다물었다. 날 선 침묵의 시간이 스쳐갔다.

그렇다. 좋아하는 여자가 내게서 멀어지려는 결심을 했을 때 함께 먹은 음식이라면 좋은 기억이 아닐 것이다. 아카오 씨는 오늘 밤만이 아니라 돼지고기 찜을 먹을 때마다 그 기억이 떠올랐을지도 모른다.

"흠."

구마이가 젓가락을 내려놓고 팔짱을 꼈다.

"어째서 그날만 못했을까요?"

"그건…….."

그는 탁자 위의 찜을 바라보며 대답했다.

"처음에는, 유학을 고민하던 시기여서 집중이 잘 안 돼 실패했다고 생각했지만…….."

"그건 아니겠죠."

구마이가 재빠르게 끼어들었다.

"아까 나가에도 말했지만 돼지고기 찜은 일단 불에 올려놓으면 내버려 둬도 돼요. 고민거리 때문에 집중력이 떨어져 덜 익혔다는 건 말도 안 돼요."

정확한 지적이었다. 그가 말을 받았다.

"말씀하신 대로입니다. 그래서 저도 그 생각은 바로 접었죠. 다시 생각한 것은, 결심한 바를 알리려고 그녀가 꾀를 낸 게 아닌가……."

"꾀?"

내가 무슨 말인지 모르겠다고 말하자 그는 친절히 설명해 주었다.

"이런 거죠. 충분히 익지 않았다면 음식을 내놓기 전에 말해 줬을 거예요. 시간이 없어서 좀 뻣뻣하겠지만 이해해 달라고요. 다른 음식을 하다가 몇 번인가 실패한 적이 있는데, 그때마다 그녀는 미리 얘기를 해 줬어요. 그런데 그날은 달랐어요. 그래서 작정하고 그 음식을 준 거라는 결론을 내렸습니다. 그녀의 결심을 읽은 거예요."

"즉, 일부러 음식을 그렇게 만들었다는 말이네요."

구마이가 정리하자 그는 고개를 끄덕였다.

"네. 의도적으로……. 말하자면, 어떤 메시지가 있었던 거죠. 그녀가 떠난 뒤, 저는 어떤 메시지를 그 음식에 담은 건지 곰곰이 생각해 봤어요. 제일 처음 떠오른 생각은, 헤어질 결심을 했으니 공들여 음식을 만들어 줄 필요는 없다는 것이었어요.”

“심한 해석인데요.”

나는 조금 삐딱한 투로 말했다.

“그녀는 그렇게 현실적인 사람이었나요? 그게 아니면 금방 등을 돌리는 사람?”

“너무 성급하게 말하지 마.”

구마이가 웬일로 나를 타일렀다.

“오늘은 금세 풀릴 이야기야. 그 말이 맞았다면 비판은 그때 가서 해도 돼. ……아카오 씨, 유학을 결정했다고 해서 다음 날 바로 가는 게 아니잖아요. 입시 전형도 있을 거고, 비자 신청에 각종 서류도 필요하고요. 즉, 그녀가 유학을 결심하고부터 실제로 떠나는 날까지 어느 정도의 시간이 있었을 거예요. 그 사이 그녀가 만든 음식을 몇 번이고 먹었을 텐데요. 그 음식들은 어땠나요?”

아카오 씨의 입이 작게 벌어졌다. “호오.”라고 말하는 듯 보였다.

“역시 나가에의 친구군요. 예리합니다. 지적하신 대로 그 후에도 그녀는 음식을 만들어 줬어요. 항상 정성껏 요리했는데, 어떤 때는 만두피까지 손수 빚어 교자를 만들어 줬지요. 그러니 어차피 헤어질 사람이니까 대충 요리해 주자는 생각은 아니었던 겁니다."

나는 힘이 빠졌다. 그럼 처음부터 그렇다고 해야지. 틀린 줄 알았던 걸 왜 얘기한 거야? 아마도 그는 천천히 순서를 밟아 설명할 작정으로 보였다. 하지만 평범한 우리들은 그에게 휘둘리고 있다는 느낌을 지울 수가 없었다.

아카오 씨는 내 생각을 눈치 채지 못한 듯 말을 이어갔다.

"그래서 저는 그 찜에 어떤 메시지가 분명히 있었다고 더욱 더 확신했죠. 깊은 뜻이 담겨 있었다고요. 그때 제게 준 찜은 '미완성'이라는 걸 호소한 게 아니었을까."

도무지 무슨 말인지 모르겠다. 그도 그렇게 말을 마칠 생각은 아니었는지 고개를 한 번 끄덕인 뒤 설명해 주었다.

"덜 찐 돼지고기 찜은 만들다 만 것이나 마찬가지예요. 즉, 미완성이라는 거죠. 그녀는 제가 좋아하는 돼지고기 찜을 이용해 그 말을 전하려고 했던 것은 아닐까요. 그녀는 공부를 하기 위해 미국행을 결심했어요. 왜 공부하려고 했을까요? 미완성이기 때문입니다. 또한 저도 매일 늦은 시간까지 연구실에 처박혀 있으니 역시 미완성 인간이죠. 그녀는 완성되지 않은 음식을 만들어 '우리는 미완성품이야. 푹 익었다고 보기엔 아직 이르지' 하고 저에게 호소한 게 아닌가 생각되더라고요."

"그건 또." 구마이가 어떤 표정을 지어야 할지 망설였다. "상당히 우회적인 표현이네요. 그녀는 그렇게 돌려서 말하는 걸 즐기는 사람이었나요?"

"음."

그는 천장을 응시했다.

"적어도 직접적으로 표현하는 성격은 아니었어요."

"사귀고 있던 아카오 씨가 보기에, 그녀라면 충분히 그럴 수 있다고 생각할 정도로요?"

"그래요."

나는 무슨 말도 할 수 없었다. 아니, 지쳐 버렸다. 눈앞의 남자는 돼지고기 찜에 그런 메시지가 담겨 있었다고 진심으로 생각하고 있는 건가. 아니면 저들처럼 머리 좋은 사람들은 그런 메시지를 보내고 그런 해석을 하곤 하나. 나는 당황스러운 마음으로 똑똑한 친구를 향해 말했다.

"너는 어떻게 생각해?"

겨자를 너무 많이 찍은 탓인지 눈에 눈물이 고인 나가에는 아와모리를 한 모금 마시고 말했다.

"뭐. 아카오의 가설은 그럴 듯하다고 생각해."

완전하게 긍정하는 건 아니었다.

"그 말은, 너는 그렇게 생각하지 않는다는 거야?"

"뭐……."

나가에는 그를 쳐다보았다.

"아카오의 여자친구는, 아니, 전 여자친구인가…… 아무튼 그녀는 왜 돼지고기 찜을 덜 익혔을까? 그건 그저 원숭이가 나무에서 떨어진 거라고 할 수 있겠지."

"원숭이가 나무에서 떨어졌다고?"

나와 구마이가 동시에 말했다.

"그게 무슨 뜻이야?"

나가에가 아와모리를 마시며 말했다.

"그녀는 단순히 조리에 실패한 것뿐이야."

그는 너무 단순한 결론에 멍하니 입을 벌렸다. 나가에는 그런 친구를 놀리듯 쳐다봤다.

"네가 처음에 말한 가설, 유학을 고민하던 시기여서 집중이 잘 안 돼 요리를 망쳤다는 게 정답 같아. 그런 시기였기 때문에 돼지고기 찜에 메시지가 담겨 있었다고 생각하는 것도 이상하진 않아. 하지만 조금 지나친 감은 있지. 하지만 그게 원인이 된 건 틀림없어."

"원인?"

그는 아직 나가에의 의견을 인정하지 않았다.

"그녀가 왜 찜을 요리했는지 생각해 보자고. 그건 네가 온다고 했기 때문이지. 규슈 출신인 그녀는 돼지고기 찜을 잘해.

너도 그 음식을 좋아하고. 그래서 그녀는 자연스럽게 그걸 요리하기로 했지. 하지만 너를 만난다는 건 미국 유학 얘기를 꺼내야 한다는 말이기도 했어. 말하자면 헤어지자는 얘기를 해야 해서 곤란했을 거라는 말이야. 그렇게 망설이고 있는데 얼굴을 마주하기 쉬웠을까? 그녀는 이런 생각을 계속 하고 있었을 거야. 미국에 갈까 말까, 그리고 너에게 고민을 말해야 하나 말아야 하나. 그러다 그녀는 부주의한 실수를 하고 만 거야."

"실수?"

"단순한 실수야. 구마이는, 돼지고기 찜은 일단 불에 올려놓으면 내버려 둬도 된다고 했지만. 가령 불을 켜는 걸 깜빡 했을 수 있어. 그리고 그대로 다른 일을 한 거지. 고기 익는 냄새가 나지 않는다는 걸 알았을 땐 이미 늦어 버린 거야. 그때서야 놀라서 불을 켰지만 충분히 익힐 시간이 없었어. 그렇게 망쳤다는 얘기야."

"하, 하지만." 그는 부정했다. "그 사실을 내게 말해 주지 않았어."

"그건 말할 수 없어서야."

나가에는 가볍게 손을 저었다.

"망친 이유도 말해야 하잖아. 미국 유학을 고민하다가 그만

불 켜는 걸 깜빡했다고. 하지만 그녀는 아직 결심이 서지 않은 상태였던 거야. 그래서 말할 수가 없었지. 조마조마했지만 다행히 너는 아무 말도 하지 않고 먹었어. 그러니 그녀도 말할 필요가 없었지. 이게 그녀가 뻣뻣한 돼지고기 찜을 내놓으면서도 아무 말 하지 않은 이유일 거야."

아카오 씨가 기가 막혀 하며 물었다.

"그뿐이라고?"

"응."

나가에는 짧게 대답했다.

"네가 너무 어렵게 생각한 거야. 사람이 실수할 수도 있지. 모든 행동에 메시지가 담겨 있다고 생각하면 상대방이 너무 힘들어."

그는 복잡한 표정을 지었다. 싫지만 납득할 수밖에 없는, 그런 표정이었다.

나는 나가에 의견에 동의했다. 요리를 망쳤다고 연인이 '이 요리는 대체 무슨 뜻이야?' 하고 묻는다면 나 같아도 참을 수 없을 것이다.

"사실이라면……." 그는 머리를 긁적였다. "돼지고기 찜에 대해 아무 말도 하지 않은 게 오히려 잘한 셈이군. 있지도 않은 메시지를 내 맘대로 해석해서 입 밖에 냈다면 그녀 마음을 더 상하게 했을 테니까."

"그런 셈이지."

나가에의 말을 끝으로 이 문제는 정리됐다. 그 후로는 그녀의 유학 얘기, 나가에와 구마이의 미국 여행 등이 화제가 되었다가 요즘 유행하는 스페인산 이베리코 돼지고기 얘기로 분위기가 무르익었다. 그리고 돼지고기 쩜을 거의 다 먹어갈 무렵, 아카오 씨가 시계를 보았다. 나도 따라서 시계를 보았더니 11시 반이었다.

"시간이 이렇게 된 줄도 몰랐네요. 이제 가야겠어요. 다들 어떻게 하실 겁니까?"

나와 구마이가 입을 열기도 전에 나가에가 대답했다.

"이 두 사람은 술 마시고 매번 여기서 자고 가. 그러니 내버려 둬도 돼."

"그렇군. 그럼, 나는 이만."

나가에가 또 놀러 오라고 인사하자 그는 끄덕이며 자리에서 일어났다. 우리 세 사람은 현관까지 그를 배웅했다.

아카오 씨가 가고 나자 다시 정예 멤버 세 명만이 남았다. 우리는 탁자로 돌아와 서로를 바라보고 앉았다.

"그런데 요스코."

구마이가 입을 열었다. "무슨 일 있어?"

나도 끄덕였다. 우리가 나가에 집에서 술을 마시고 자고 간 적은 있지만 언제나 그런 것은 아니었다. 아니, 전철이 끊기기 전에 일어나 집으로 돌아간 경우가 더 많았다. 그런데 왜 우리가 매번 여기서 자고 간다고 했을까.

나가에는 조용히 아와모리 잔을 기울였다.

"짐작 되지 않아?"

"뭐 그런대로."

구마이도 잔을 들었다.

"네가 무슨 생각을 하고 있는지는 몰라도 지금 하는 말은 알 것 같아. 아카오 씨의 여자친구 얘기지?"

나가에는 억지로 미소를 지었다.

"맞아."

"그럼 그렇지."

구마이 말을 듣고, 나도 겨우 생각이 닿았다.

"그녀가 실수로 돼지고기 찜을 망쳤다는 말은 사실이 아니지? 그걸 아카오 씨가 눈치 챌까 봐 먼저 돌려보낸 거고."

그런 거겠지. 그게 아니면 아무리 친하대도 결혼도 안 한 아가씨를 '술 마시고 남자 집에서 늘 자고 가는 여자'라고 버젓이 말하진 않을 테니.

나가에는 탁자에서 일어나 냉장고에서 얼음을 꺼내 왔다.

잔에 얼음을 넣으며 말했다.

"그녀가 고민하다가 불 켜는 걸 잊어버린 것 같다고 말한 거 어떻게 생각해?"

"틀렸지."

구마이가 바로 대답했다.

"요리한 사람의 입장이 빠져 있잖아. 제대로 푹 찌지 않은 찜은 확실히 맛이 없어. 삼겹살 비계는 제대로 익히지 않으면 아예 먹을 수 없기도 하고. 돼지고기 찜을 원래 잘하는 그녀가 그런 걸 애인한테 줬겠어? 망친 게 사실이라면 애초에 내놓지도 않았을 거야. 물론 찜 말고는 없었을 수도 있지만, 다른 재료도 있었을 거 아냐? 결혼도 생각한 사이니까 편하게 뭐라도 볶든지 굽든지 해서 주는 게 자연스럽지. 돼지고기 찜도 특별히 해 준 음식이 아니었잖아."

"그거야."

나가에가 끄덕였다.

"그래서 이렇게 생각할 수밖에 없어. 시간 부족이 의도였든 실수였든 간에 그녀는 일부러 아카오에게 그걸 먹인 거라고."

나가에 말을 끄덕이며 듣던 나는 머리가 복잡해졌다.

"역시 어떤 메시지가 있었던 거라고? 그 찜에?"

"내용이 뭐든 명확한 의도가 있었어. 찜 요리는 시간을 들여야 맛이 나. 즉, 시간이 부족하면 먹어 보지 않아도 맛있기 힘들다는 걸 알아. 내가 그녀였다면 시간이 부족했다고 미리 말했을 거야."

"하지만." 나는 생각이 정리되지 않았다. "네가 아까 음식을 망친 이유를 차마 말할 수 없어서 아무 말도 안 했을 거라고 확신했잖아."

"그랬지." 나가에는 깨끗이 인정했다.

"하지만 그건 아카오의 기억이 혼란한 틈을 타서 억지로 이해시키려고 그런 거야."

점점 더 수렁으로 빠져들었다. "기억의 혼란?"

"아카오는 이미 결론을 내렸어. 그녀가 자신과 헤어지고 미국으로 유학 갈 거라고. 사실, 오늘 그가 하는 모든 말에 그 전제가 깔려 있었어. 그녀가 덜 찐 돼지고기를 내놓은 이유를 네가 물었을 때 아카오가 뭐라고 답했지? 처음엔, 유학을 고민하다가 망쳤다고 했어. 다음엔, 헤어질 테니 이제 정성껏 요리할 필요가 없었다고 했어. 마지막엔, 자기들이 미완성이라는 걸 알리기 위해 일부러 그랬다고 했지. 모두 다 그녀가 유학을 가고 나서 궁리한 결과야. 하지만 실제로 찜을 먹은 그날엔 아무 것도 몰랐다는 사실이 중요해. 그랬기 때문에 그녀는 진짜 이유를 말할 필요가 없었지. 불 켜는 걸 깜빡했다는 사실만 애기하면 됐어."

"음식을 망쳤으면 안 주면 되고."

구마이가 정리했다.

"굳이 줘야 했다면 요리를 망쳤다고 간단히 말하면 됐어. 근데 둘 다 아니니까 역시 의도적으로 그 음식을 아카오 씨에게 먹였다고 볼 수 있어."

이제 이해가 됐다. 하지만 그녀는 왜 그런 것일까? 결국 우리는 원점으로 돌아와 아카오 씨처럼 질문하고 있었다. 그녀는 뻣뻣한 돼지고기 쩜에 무슨 메시지를 담았을까. 내가 말하자 구마이가 먼저 입을 열었다.

"우선 유학을 결정하고 헤어지려 했기 때문에 정성껏 요리할 필요가 없었다는 가설은 제외하자고. 그 후에도 직접 요리해 줬다니까 말이야."

"그럼, 서로 미완성이라는 걸 알려 주고 싶었다는 가설은 어때?"

"그것도 틀렸어." 구마이는 단호하게 대답했다.

"요스코가 말한 대로 아카오 씨는 그녀가 유학을 고민한다는 걸 그때는 몰랐어. 미완성이라는 건 그가 그녀의 생각을 알아야만 이해할 수 있는 메시지잖아. 실제로도 아카오 씨는 그녀가 유학을 가고 나서야 그 쩜이 의미하는 바가 무엇인지 알 것 같았다고 했어. 그러니까 그 가설은 시간상 안 맞아."

"오늘 좀 예리한데?"

나는 조금 감탄했다. 오늘 구마이는 나가에와 비슷한 수준이라고 해도 손색이 없을 정도였다. 구마이는 내 말이 거슬리는 듯 "원래 그랬어." 하며 가슴을 폈다.

"그녀의 진짜 메시지는 무엇이었을까?

내가 말을 꺼내자 구마이는 가슴을 편 채 머리 위에 양손으로 깍지를 꼈다.

"그걸 모르겠으니까 이러고 있는 거잖아."

"뭐지?"

우리 둘은 나가에를 쳐다보았다. 나가에는 거짓말까지 하며 아카오 씨를 돌려보냈다. 그것은 나가에가 진실을 알고 있다는 의미였다.

"어떻게 생각해?"

나가에는 돼지고기를 젓가락으로 집어 입에 넣었다.

"짚이는 게 있긴 한데."

"무슨 메시지야?"

내가 급하게 묻자 나가에는 천천히 고개를 저었다.

"아마 메시지가 아닐 거야."

"메시지가 아니라고?"

무슨 소리야. 지금까지 뻣뻣한 돼지고기 찜에 담긴 메시지에 대해 얘기를 나누었잖아. 내가 따져 묻자 나가에는 다시 고개를 저었다.

"의도가 있긴 했지만 어떤 메시지를 전하려고 한 것은 아닌 것 같아. 메시지란 전하려는 내용이 있어야 돼. 되도록 정확히. 하지만 아카오는 메시지를 정확히 받기는커녕 그것이 메시지인지조차 눈치 채지 못했어. 그 말은, 처음부터 메시지 같은 건 아예 없었던 게 아닐까. 그럼 그녀는 뭘 의도했을까? 여기서 두 사람이 생각해 봤으면 해."

나가에는 우리 잔에 아와모리를 따랐다. 마치 우리가 알코올 기운 없이는 생각을 못하는 사람이기나 한 듯이.

"유학은 일단 접어 두고, 아카오 입장에서 생각해 보자고. 그는 회사 일로 바빠서 그녀를 만날 시간이 부족했어. 어쩌다 시간이 나면 허겁지겁 그녀 집으로 향하기 바빴지. 그런데 그럴 때 하필 차려준 것이 푹 익지 않은 뻣뻣한 돼지고기 찜이었어. 그녀는 그 이유를 얘기해 주지 않았고. 자, 너희들이라면 어떻게 생각했겠어?"

나는 양팔을 꼰 채 천장을 응시했다. 그 입장이 되어 보려고 그다지 풍부하지 못한 연애 경험을 쥐어짜서 상상해 보았다.

"나라면 역시 마음이 떠나기 시작했다고 생각했을 것 같아.

자주 못 만나서 기다림에 지친 상대가 마음이 식는다는 건 헤어짐의 수순이지. 돼지고기 찜 같이 솜씨가 특별히 필요하지 않고 시간만 들이면 되는 음식은 상대에 대한 애정이나 배려심만 있으면 충분히 요리할 수 있다고 생각해. 하지만 그녀가 그런 요리를 하지 못한 거니까, 내가 아카오 씨라면 멀어진 느낌이 들었을 것 같아."

"음." 나가에가 특별하지 않게 반응했다. "구마이는?"

"나는 그 반대야." 구마이가 대답했다.

"나만 바쁜 게 아니라 그녀도 마찬가지라고 생각했을 거야. 하지만 그녀가, '나도 바쁘다구요.'라는 메시지를 보내고 있는 건 아니라고. 그냥 혼자 짐작할 뿐. 그래서 아무것도 나무라지 않고, 부담을 나눠 가져야겠다고 생각했을 것 같은데."

완전히 정반대의 의견이다. 구마이는 성격이 강하지만 냉정한 사람은 아니다. 구마이가 남자였다면 "할 수 없지. 집안 일의 반은 맡겨 둬."라고 했을 것이다. 물론 퉁명스런 말투겠지만.

나가에는 우리 의견을 부드러운 표정으로 듣고 있었다. 그리고 비로소 입을 열었다.

"물론, 이 문제에 정답은 없어. 아무튼 두 사람은 각자의 대답을 기억해 둬. 내가 아카오 얘기를 듣고 마음에 걸린 건, 유학을 결심한 대목이야. 그녀는 혼자서 생각하고, 혼자서 결론을 냈다고 했어."

"그랬지." 나도 생각이 났다.

"바빠서 같이 의논하지 못한 아카오 씨 자신이 나빴다고 말했던 것 같아."

나가에는 한 차례 끄덕였다.

"바로 그거야. 고민거리를 사귀는 남자에게 얘기 안 했다는 게 이상하지 않아?"

"음." 구마이가 천장을 올려다보았다. "얘기하고 싶은 게 있다고 말했는데 아카오 씨가, 지금은 바쁘니까 다음에 하자고 대꾸했을지도 모르지."

그건 아니다. 그가 바빠서 얘기를 나누지 못했다는 건 그럴 기회가 아예 없었다는 의미이다. 구마이가 말한 대로라면 아카오 씨는 그녀의 고민을 좀 더 일찍 눈치 챘겠지.

"이게 나의 생각이야."

나가에는 내 말에 동의하며 설명을 덧붙였다.

"그녀는 MBA를 목표로 한 사람이야. 자신의 판단을 중요하게 여기며 살아 온 사람이겠지. 연인이라고 해도 다른 사람의 의견에 이리저리 휩쓸리는 걸 좋아하지 않을 거야. 하지만 결혼을 생각할 정도로 깊은 관계인 사람에게 아무런 의논도 없이 혼자서 결정하려 했을까?"

"어려운 문제네."

구마이가 말 그대로 곤혹스런 얼굴을 하고 있었다.

"일을 하다가 본격적으로 마케팅 공부를 하고 싶어서 미국에 가 MBA를 따려고 한다. 이렇게만 들으면 대단히 기특한 얘기겠지만 실행하기엔 상당한 불안 요소가 있어. 세계에서 우수한 인재가 몰려드는 미국의 유명 대학에 입학할 수 있을까 불안했겠지. 그녀는 예전부터 영어에 흥미가 있어서 공부를 해 왔다고 했어. 그럼 미국 거주 경험이 있는 사람도 아니라는 말이야. 언어 문제를 비롯해 낯선 타국에서 살 수 있을까 하는 불안감도 있었을 거야. 더욱이 MBA를 취득하더라도 원하는 일을 할 수 있을지는 불확실해. 아무리 대단한 자격증을 갖고 있다 해도 일본 기업은 여성에게 그리 열려 있지 않아. 차라리 미국에 남아서 일하는 게 낫지. 하지만 외국인으로는 아무래도 불리한 면이 많아. 그녀는 이런 모든 것을 고민했을 거야. 어쩌면 기대감보다 불안감이 컸을 테지."

역시 구마이다. 꿈을 이성적으로 분석해서 판단하고 있다.

"만일 MBA를 포기하고 일본에 남았다고 치자. 그녀는 현재 가진 실력을 발휘해서 일을 하다가, 때가 되면 장래가 유망한 능력 있는 연구원과 결혼했을 거야. 어쩌면 일정한 수준의 행복은 보증될지도 몰라. 그게 나쁘다고 생각하진 않지만, 꿈을 지녔던 사람이 그 꿈을 버리고 나면 커다란 심리적 저항이 와. 그녀는 정말로 고민됐을 거야. 네 말대로 그에게 시시콜콜 다 털어 놓을 수는 없어도 혼자서 결론 내기엔 너무 무거웠겠지."

나가에는 구마이의 정확한 분석에 만족한 모습이었다.

"그래서 나는, 그녀가 사실은 의논을 하려고 한 게 아닌가 생각한 거야. 아카오는 부정했지만."

"의논을 하려고 했다?"

나가에 말을 따라하다가 내 머릿속에 화려한 불꽃이 펑 하고 터졌다.

"설마 그게 찜?"

"그렇구나." 구마이도 눈치를 챈 듯했다.

"그녀는 그에게 묻고 싶었어. 하지만 그러기도 좀 어색해서 덜 찐 돼지고기 찜을 내놓고 반응을 본 뒤에 결정하기로 한 거구나. 의논하고 있다는 사실을 그가 몰랐으면 싶어서. 말하자면 주사위를 던진 셈……. 그래서 요스코가 그런 질문을 한 거구나. 만약 아카오 씨가 나쓰미처럼 반응하면, 그가 거리를 두기 시작한 게 틀림없으니 미국으로 간다."

"그리고 구마이처럼 반응하면."

내가 뒤를 이었다.

"그럼 미국을 포기하고 이걸 계기로 결혼한다…….."

나는 나가에 말을 이제야 이해했다. 나가에는 메시지가 없었다고 했다. 메시지란 전달하는 것이다. 하지만 그녀가 바란건 혼자 내린 결정을 전달하는 게 아니라, 그와 함께 의논하는 것이었다. 진지하게 의논하는 건 망설여졌다. 의논 안 하기도 괴로웠지만, 하는 것도 싫었기 때문이다. 그래서 그녀는 음식을 이용했다. 그녀는 덜 된 음식을 내주며 그것이 실패작이라고 말하지 않았다. 그러면 그에게 선입관이 생겨 버린다. 구마이 말처럼 주사위 눈이 하나로 정해지는 셈이다. 당연히 "괜찮아. 너도 바빴나 보네."라는 반응이 나올 것이다. 그건 공정하지 않다. 그녀는 그렇게는 하고 싶지 않았다.

나가에는 친구들이 하나하나 해답을 찾아가는 모습을 웃으며 바라보았지만 산뜻한 표정은 아니었다.

"그녀는 불 켜는 걸 깜빡했을 거라고 내가 말했잖아. 구마이는 틀렸다고 단언했지만 꼭 그런 것만은 아냐. 의논하기 위해서 일부러 찜을 덜 익혔다는 건 설득력이 좀 약하지. 그녀는 그렇게 한가하진 않았을 거야. 고민하다가 불을 켜는 걸 잊었고 그제야 비로소 생각해 낸 게 아닐까. 그녀는 돼지고기 찜을 후다닥 요리해서 아카오의 반응을 기다렸어. 하지만 그는…….."

구마이가 그의 말을 떠올렸다.

"아카오 씨는 만든 사람을 생각해서 뭐라고 하지 않고 조용히 먹었다고 말했어. 즉, 무반응이었지. 그녀는 그에게서 아무 말도 들을 수 없었어."

나가에는 작게 고개를 끄덕였다.

"맞아. 정말 해서는 안 되는 반응을 한 거야. 나쓰미처럼 이제 안 되겠다든가, 구마이처럼 힘을 합쳐서 어떻게든 헤쳐 나가 보자고 말했으면 차라리 나았어. 그녀는 관계 자체를 정리해 보려고 한 건데 말이야. 헤어지든지 결혼하든지. 그런데 무반응이라니. 생각해 보니 주사위가 아니라 룰렛에 비유하는 게 낫겠네. 그녀가 던진 구슬은 빨간 색도 검은 색도 아닌, 제로에 미끄러져 들어갔어. 그녀는 마음을 정리하지 못한 채로 미국 갈 결심을 했을 거야. 그도 뭔가 명확하지 않은 채로 헤어지게 된 거고."

"그래서 네가 아카오 씨를 먼저 돌려보냈구나."

구마이가 감탄했다.

"이런 사실을 알면 후회할까 봐. 그녀 진심을 몰라 줬으니까. 지금도 미련은 있는 것 같지만, 정리해 가고 있는데 일부러 다시 감정을 불러일으킬 필요는 없지."

이제와 알게 된들 어쩔 도리가 없다. 나가에가 밝혀 낸 진실은 아무런 쓸모가 없다. 그에게 말해 주지 않은 건 옳은 판단이다.

나가에는 텅 빈 그릇을 쳐다보며 말했다.

"아카오가 알게 되면 미련 때문에 힘들 거야. 엄청나게 먼 장거리 연애 방법을 찾아 헤맬지도 몰라. 급한 마음에 미국에서 열심히 공부하는 그녀를 힘들게 할 수도 있고. 그건 좋지 않을 것 같아."

"그래. 두 사람이 알아서 할 문제야."

구마이도 동의했다.

"금방 다른 여자를 사귈지도 몰라. 그녀도 미국에서 다른 남자 만나겠지. 그것도 그런대로 나쁘지 않아. 아님 나중에 다시 만나게 될지도 모르지. 그땐 그녀도 좀 더 성숙해져서, 고민이 있을 때 자존심만 세우지 않고 당당하게 의논하자고 요구할 거야. 한층 더 멋진 여자가 된 그녀에게 아카오 씨는 홀딱 빠질지도 모르지. 어떻게 되더라도 그런대로 흘러갈 거야. 서두르지 않고 천천히 시간을 들여서, 다른 일도 해 가면서 느긋하게 말이야."

"맞아."

나는 아와모리를 마저 마시고 잔을 내려놓았다.

"돼지고기 찜을 만들 때처럼 말이지."

몸에 좋은 것도
적당히

연애의 유형은 물론 다양하다. 다른 사람 눈에는 좀 이상하거나 분위기가 없어 보인다 해도 두 사람에게는 당연하고도 운명적인 것이 되기도 한다.

　이해는 되지만 이 경우 역시 특이하고 분위기도 없다. 적어도 내 눈에는 그렇다.

　아니, 은행으로 하는 프로포즈라니 말이다.

　평소에는 나가에 다카아키의 문자 메시지로 술자리가 시작된다. 그가 안주거리를 생각해 내면 나와 구마이는 좋다고 반기는 식이다. 하지만 이번에는 드물게도 구마이가 먼저 말을 꺼냈다.

하루 일을 마치고 방에서 편히 쉬는데 문자 메시지 수신음이 울렸다.

[가을이 깊었으니 은행을 안주 삼아 사케 한 잔 어때? 손님도 모시고 갈게.]

은행이라면 그런대로 괜찮은 선택이다. 술을 좋아하는 구마이다웠다. 안 될 이유도 없어서 일정을 조율해 도무지 몇 번째인지도 모를 술 파티 날짜를 정했다.

모임 날, 도심 터미널 역에서 지하철로 갈아타고 나가에의 원룸 빌라로 향했다. 장소는 언제나처럼 나가에의 집이다. 내 아파트는 여성 전용이고, 구마이는 부모님과 함께 살고 있다. 이렇게 여의치 않은 사정을 하나하나 지우고 나니 남은 것이 나가에의 집이었다. 새 건물이어서 깨끗했고, 나가에가 정리도 잘해 방이 깔끔했다. 나와 구마이가 술을 마시다 자고 갈 수 있도록 전용 침낭도 준비해 주었다. 이런저런 이유로 오늘도 나가에 집으로 향하는 길이다.

구마이가 한발 앞서 와 있었다. 방에는 나가에와 구마이, 그리고 늘씬한 미인이 앉아 있었다.

"회사 동기 시오다 리쓰코야. 전부터 초대하려 했던 인재지."

구마이가 소개했다.

처음 뵙겠습니다, 하고 인사하며 그녀가 고개를 숙였다. 구마이의 동기라면 특별한 경우가 아니고서는 나와도 동갑이라는 말이다. 하지만 버드나무 잎사귀 같은 눈썹에 수심이 담겨 있어서 두세 살은 연상으로 보였다. 나도 인사를 했다.

"예의 바르신 분 같아요. 구마이 친구로는 보이지 않네요."

내가 이렇게 말하자 구마이는 이런, 하고 불만을 표하며 볼을 부풀렸다.

"엔덴은……."

무슨 뜻인지 몰랐지만 금세 '염전塩田'을 음으로 읽은 것이라는 걸 알아차렸다. 시오다塩田 씨는 회사에서 그렇게 불리는 모양이었다.

"엔덴은 황공하옵게도 결혼을 앞둔 몸이야. 바쁘신 시간을 쪼개서 와 주었으니 감사하는 마음으로 맞아 줘."

모르는 사람이 들으면 눈썹을 찌푸릴 오만 방자한 말투였지만, 구마이에게 익숙한 우리에겐 술자리에 빠지면 섭섭한 청량제였다. 나는 일부러 "와아!" 하고 감탄사를 길게 뽑으며 감사의 뜻을 전했다. 구마이는 만족한 듯 고개를 끄덕였다.

"축하합니다."

나가에가 인사를 하며 탁자에 잔을 놓았다. 그리고 온화한 미소를 지으며 손님에게 말했다.

"결혼할 분도 같이 오셨으면 좋았을 텐데요."

"아니에요. 출장 중이어서요."

시오다 리쓰코, 즉 엔덴 씨는 손을 저으며 대답했다.

"어디로 갔는데?"

구마이가 그녀에게 물었다. 말투로 봐서 같은 회사 사람인 것 같았다.

"덴마크. 아마 이번 주 안에는 못 올 거야."

그녀가 짧게 대답했다. 덴마크에 관해 딱히 떠오르는 것은 없었다. 며칠 전에 덴마크산 돼지고기를 본 적이 있을 뿐이다. 구마이는 식품 회사에 다니고 있으니 엔덴 씨의 그이도 덴마크에서 돼지고기와 관련된 일을 하고 있을지도 모른다. 내 맘대로 하는 추측이지만.

"덴마크라면 오시라고 할 수 없겠네요." 하고 말하며 나가에가 부엌으로 갔다. 잠시 후에 타닥타닥하며 뭔가가 터지는 소리가 들렸다. 은행을 볶는 것이다. 오늘의 안주다. 여러 면에서 성실한 나가에는 요리도 잘한다. 나는 은행을 볶아 본 적이 한 번도 없다. 구마이도 음식에 대해 아는 것은 많지만 실제로 하는 것은 싫어하는 인간이다. 하수들은 여기 앉아 가만히 기다리는 게 도와주는 것이다. 그래서 부엌 근처에는 가 보지도 않았다.

잠시 기다리자, 나가에가 쟁반을 들고 왔다. "오래 기다리셨습니다."

쟁반에는 접시가 다섯 개 놓여 있었다. 하나는 컸고, 나머지 네 개는 작았다. 큰 접시에는 막 볶아 낸 은행이 껍질째 담겨 있었고 작은 접시에는 찍어 먹을 소금이 있었다. 나가에는 반으로 자른 페트병을 보여 주며, 은행 껍질은 여기다 버리라고 설명해 주었다. 정말 빈틈없는 인간이다.

구마이와 나가에도 그렇지만 나도 은행을 굉장히 좋아한다. 볶아서 구수한 냄새가 나는 은행을 보고 있으니 맛이 기대되어 설레기 시작했다.

찬장을 뒤지는 소리가 바스락, 나더니 나가에가 펜치를 한 손에 쥐고 탁자로 돌아왔다. 설명을 하지 않아도 알 것 같았다. 펜치로 껍질을 부수려는 것이다. 예상대로 나가에는 큰 접시를 앞으로 당겨가 은행을 부수기 시작했다. 순식간에 껍질이 부서져 먹기 좋은 상태가 되었다.

"부업을 해도 먹고 살 솜씨란 말이야."

구마이가 감탄하자 나가에는 담담하게 대답했다. "잘 알고 있으면 됐어."

50개쯤 되는 은행 껍질이 부서졌다.

"수고했어. 자, 그럼 먹어 볼까."

구마이가 사케를 병째 들어 네 개의 잔에 따랐다.

"시즈오카 술이야. 사케는 니가타나 나다 지방이 유명하지만 사실은 시즈오카에도 좋은 술이 많아. 이게 그 중 하나지."

나도 술은 좋아하지만 술에 관해 아는 것은 없다. 시즈오카 사케도 좋다는 것은커녕 그 지역에서 사케를 만든다는 사실조차 알지 못했다. 하지만 구마이가 가지고 온 술이니 맛이 없을 리 없다. 잔을 들어 향을 느꼈다. 준마이(쌀로만 빚은 청주－옮긴이 주)의 짙은 향과 청포도처럼 은은한 과일 향이 섞여 있었다. 고급술다운 향이었다. 기대해도 되겠는걸.

오늘 자리를 만든 구마이의 건배 제의에 잔을 부딪쳤다. 그리고 아직 식지 않은 은행을 하나 집어 펜치로 부순 틈새를 손가락으로 잡았다. 힘을 조금 주자 껍질은 쉽게 부서졌다. 은행알이 갈색의 얇은 막에 싸여 있었다. 계속 들고 있기에는 너무 뜨거워서 바로 작은 접시에 내려놓았다. 이쑤시개로 찔러 소금을 약간 묻혀 먹었다.

갓 볶아서 따끈하고 특유의 쓴맛이 약간 났다. 그리고 다음 순서로 시즈오카 술을 한 모금 마셨다. 처음엔 과일 향이 나다가 끝에 의외의 강한 맛이 은행의 쌉쌀한 맛을 없애 주었다. 입 안에서 꽃이 피어나는 듯했다.

"으음, 좋구나."

중년 아저씨 같은 말이 새어 나왔다. 하지만 누구도 놀리는
사람은 없었다. 나가에와 구마이는 은행에 열중해 있었고, 엔
덴 씨는 처음 만난 사이라 그럴 입장이 아니었다.

"역시 맛있어." 구마이가 말했다. "어릴 때는 이 맛을 싫어했
는데."

"정말?" 내가 대꾸했다. "너는 어릴 때부터 술안주만 먹어
온 줄 알았지."

"나도." 나가에도 따라서 놀렸다. 구마이가 말도 안 되는 소
리라고 펄쩍 뛰었다. 그러는 중에도 손은 다음 은행을 집으려
고 접시로 뻗었다.

"어렸을 때 볶은 은행은 안 먹었지. 계란찜에 들어 있는 걸
먹는 정도였어."

나가에도 두 번째 은행을 집었다.

"나도 은행을 싫어했어. 이런 계절이면 길가 은행나무에서
지독한 냄새가 났지. 솔직히 말해서 '그' 냄새잖아. 먹기 싫다
고 하면 엄마가, 은행을 먹어야 자다가 오줌을 싸지 않는다면
서 억지로 입에 넣었어."

하마터면 입에 든 것을 뿜을 뻔했다. 천재 꼬마가 자라서 그
대로 어른이 된 줄 알았더니 나가에도 오줌을 싸던 시절이 있

단 말인가. 당연했지만 완벽한 나가에만 봐 왔기 때문에 조금은 의외였다.

"은행이 야뇨증에 좋다는 말을 들은 적이 있긴 해. 아주 근거 없는 설은 아닌 것 같아."

구마이가 말했다. 표정을 보니 눈으로 웃고 있었다. 나와 같은 생각을 하고 있는 것이 틀림없었다.

"은행은 민간요법에 자주 쓰이는 재료지. 기침이나 천식에 효과가 있다는 건 널리 알려진 사실이잖아."

"그렇구나."

역시 식품 회사 직원은 먹거리에 관해선 모르는 게 없는 모양이었다. 구마이는 설명을 이어갔다.

"자세히는 몰라도 기관지에는 정말 효과가 있는 것 같아. 그런데 너무 많이 먹으면 반대로 호흡 곤란을 일으킬 수도 있다고 해. 엔덴, 그치?"

엔덴 씨는 잔을 놓고 고개를 끄덕였다.

"그렇다는 것 같아요. 그래서 성인이라도 한 번에 열 알 정도씩만 먹으라고 하죠. 은행나무는 잎사귀에도 혈액의 흐름을 좋게 하는 성분이 있어서 유럽에서는 의약품으로 취급될 정도예요."

우리는 식재료로 사용하지만 약으로 쓰기도 하는구나.

"그럼 한 접시 다 먹으면 안 되겠네."

"안 되지. 오늘도 한 사람에 열두세 알씩만 돌아가게 사 왔다구. 너라면 뭐, 한 사발을 먹어도 먹은 것 같지 않겠지만."

"네가 나한테 그런 소리를 하다니, 참나. 아무튼 이 은행은 사 온 거야?"

의외였다. 구마이가 갑자기 은행을 안주 삼아 한 잔 하자고 했을 때, 시골에 있는 친척이나 누구에게 은행을 선물 받은 줄 알았다. 하지만 오늘 밤을 위해 일부러 샀다니. 왜 하필 은행을? 내가 궁금해하자 구마이는 오늘의 손님을 힐끗 쳐다보았다.

"사실은 엔덴과 관련이 있어. 두 사람이 엔덴의 이야기를 들어 줬으면 하고 오늘 이 자리를 마련한 거야."

구마이의 표정이 웬일로 긴장돼 보였다. 아마도 농담으로 흘려 넘기면 안 되는 내용인가 보다. 나가에도 진지한 말투로 대답했다.

"무슨 이야기인데?"

구마이는 술을 비웠다. 말하기에 앞서 목을 축이려는 것이겠지. 나가에가 빈 잔에 술을 따라 주었다.

"아까 엔덴이 결혼을 앞두고 있다고 했잖아. 회사 선배와 다음다음 달에 결혼해. 개발부의 후지오카라고 정말 좋은 사람이야. 미남미녀 커플이지."

축하할 일이라고 생각했지만, 처음 엔덴 씨를 보았을 때 눈썹에 서린 쓸쓸한 느낌이 떠올랐다. 무슨 걱정이 있는 것일까.

"들어 봐. 엔덴은 고민하고 있어. 그렇지만 아주 어두운 이야기는 아냐. 메리지 블루Marriage Blue(결혼 전 복합적인 불안감에서 오는 우울증 – 옮긴이 주)라는 말도 있지만, 그런 정서 불안이 아니고 확실한 원인이 있는 고민이거든. 아니, 고민이랄 것까지는 없어도 개운치 않은 기분이랄까……."

구마이답지 않게 애매모호한 말이었다. 그게 더 개운치 않았다. 손님을 여기까지 데리고 왔으면서도 그 마음을 설명하기가 꽤나 어려운 모양이었다. 나가에가 도움의 손길을 내밀었다.

"구마이, 본인이 말하게 둬."

"그래요. 제가 얘기할게요."

엔덴 씨는 선뜻 대답하고는 술을 한 모금 마셨다.

"이런 자리를 마련해 줘서 고마워요. 술자리에서 하는 시시콜콜한 얘기라고 들어 주세요. 구마이가 말한 대로 저는 두 달 뒤에 결혼해요. 결혼을 약속한 건 작년 이맘때예요. 딱 일 년 전이네요."

몸이 앞으로 당겨졌다. 다른 사람의 연애담만 한 흥밋거리도 없을 것이다.

"신입 사원 때부터 알고 지낸 사람이지만 사귀게 된 건 한참 뒤였어요. 2년 정도 사귀었는데 결혼할 분위기는 아니었죠. 결혼을 생각해 보지 않은 건 아니에요. 책임 전가로 들릴지 모르겠지만, 그가 전혀 그럴 생각이 없어 보였어요. 그래서 결혼을 하려면 시간이 좀 걸리겠다고 생각했는데 갑자기 그가 프로포즈를 했어요. 마음의 준비가 전혀 안 된 상태에서 갑자기 프로포즈를 하는 바람에 엉겁결에 승낙을 해 버렸죠."

뭐야, 그런 얘기야? 행복하다고 자랑하는 얘기잖아. 하지만 눈앞에 앉아 있는 그녀는 행복에 겨운 얼굴이 아니었다.

"결혼을 약속하고 나서는 기쁜 마음으로 식장과 웨딩드레스, 신혼여행지 등을 정하느라 정신이 없었죠. 그러던 어느 날, 불쑥 떠오르는 생각이 있었어요. 그다지 중요한 건 아니지만 자꾸만 마음에 걸렸어요."

"그게 뭔가요?"

나가에가 친절하게 물었다. 엔덴 씨는 고개를 숙였다.

"프로포즈예요."

"조금 전에 얘기한 갑작스런 프로포즈 말예요?"

"네. 초밥 집에서 프로포즈를 받았어요. 고급스러운 곳이 아니라 간신히 '회전 초밥'은 면한 곳이었죠. 가격에 비해 맛이 좋아서 둘이 가끔씩 가는 식당이었어요."

초밥 집에서의 프로포즈. 어울리는 분위기인지 아닌지 판단하기 애매한 장소다. 그런 생각에 빠져 있는데 그녀가 말을 이어갔다.

"초밥이 나오기 전에, 가볍게 샐러드를 먹고 있는데 그가 말했죠. 앞에 놓인 은행을 보면서 '몇 년 만인지 모르겠네. 지금은 맛있다고 생각하지만 어렸을 땐 먹기 거북했지.'라고 말하며 웃었어요."

은행에 대해서는 누구라도 할 만한 생각인가 보다. 나는 프로포즈 이야기에 아련한 기분이 되어 갔다.

"그런데 갑자기 그가 진지한 얼굴로 뚝 잘라 말했어요. '이제 가정을 꾸려야지.' 하고."

"그래서 오늘, 은행이라는 건가요?"

나는 얼른 결론을 냈다. 겨우 엔덴 씨와 은행이 연결지어졌다고 생각했다. 하지만 구마이가 끼어들었다.

"서두르지 마. 얘기는 아직 끝나지 않았어."

"끝나지 않았다고?"

그녀는 네, 하고 말하며 커다란 접시에서 은행을 집었다. 그녀는 파직, 하고 껍질을 부숴 은행을 입에 넣고 쓴맛에 입술을 떨었다.

157

"그때는 들떠서 깊이 생각하지 않고 승낙했어요. 그건 후회하지 않아요. 다시 천천히 생각해 봐도 어쨌든 대답은 같았을 거예요. 하지만 지난달에 갑자기 그날 일이 떠올랐어요. 구마이와 점심을 먹으러 덮밥 집에 갔을 때였지요. 덮밥 정식에 계란찜이 곁들여 나왔는데, 그 안에 들어 있던 은행을 먹다가 갑자기 프로포즈를 받던 날의 기억이 떠오른 거예요."

냄새와 맛은 기억을 일깨우는 스위치 역할을 종종한다. 그녀의 경우, 그 스위치는 은행 맛이었을 것이다.

"그가 은행을 보며 가정을 꾸리자고 했던 것 말입니까?"

나가에가 이야기를 적절하게 이끌어 갔다. 흐름을 생각해 다음 이야기를 쉽게 꺼낼 수 있도록 추임새를 넣었다. 나가에의 짐작대로 그녀는 바로 고개를 저었다.

"그뿐이 아니에요. 그는 그렇게 말한 뒤 은행을 먹으며, 집에서도 맛있게 해 먹자고 했어요."

"음."

나는 양팔을 꼬았다. 솔직히 그게 어쨌다는 말인가. 상대방을 감동시키기 위한 흔한 말 아닌가. 그녀에게 내 솔직한 느낌을 말했다. 그러자 그녀는 매우 미안해하며 말을 이었다.

"그렇게 생각하는 게 당연해요. 아직 얘기하지 않은 게 있거든요. 지금은 다 나았지만, 사실 저는 어렸을 때 천식을 앓았어요. 이 사실은 회사 누구에게도 말하지 않았고요."

"아……."

나는 문제가 뭔지 어렴풋이 알 것 같았지만 정확하진 않았다. 할 말이 떠오르지 않는 상황에서 나가에가 먼저 말을 했다.

"그렇군요. 은행은 천식에 효과가 있다고 하니 시오다 씨도 의사가 처방해 주는 약 외에 은행을 자주 먹었을 거예요. 그 사실을 얘기하지 않았는데, 하필이면 왜 은행을 먹자고 했을까. 집에서 자주 해 먹는 음식도 아닌데. 예전에 천식을 앓았던 사실을 그가 알고 있는 게 아닐까, 왠지 그렇게 생각되는 거죠?"

"그래." 구마이가 말했다.

"그가 결혼을 생각하면서 엔덴의 신상 조사를 해 본 게 아닌가 마음에 걸려. 흥신소 같은 곳에 의뢰해서 문제될 게 없다는 걸 확인하고 프로포즈를 한 게 아닌가 말이야. 그가 신상 조사를 했다고 말하진 않았지만 결혼 상대의 과거 병력은 신경 쓰였던 거야. 초밥 집에서 은행을 보자 천식이 생각나서 그만 그렇게 말해 버린 게 아닐까?"

구마이는 잔을 비웠다.

"엔덴은 사람을 써서 사랑하는 여자의 과거를 조사하는 남자와 함께 살 수 있을지 걱정하고 있어."

대화가 끊겼다. 적절한 말이 떠오르지 않았다. 잠시 모두가 입을 다물고 있다가 사케를 마셨다. 이따금 은행 껍질 깨지는 소리만이 방 안을 맴돌았다.

"뭐, 지금 여기서 어떤 결정을 할 생각은 아니야."

구마이가 말투를 바꿔서 얘기했다.

"덮밥 집에서 엔덴의 기분이 안 좋아 보여서 물어 봤다가 알게 됐어. 후지오카 씨가 좋은 사람이란 건 틀림없는 사실이고, 엔덴도 결혼을 안 할 생각은 없어. 다만 조금 마음에 걸리는 게 있을 뿐이지. 직접 관계없는 너희 둘에게 이야기하면 기분 전환이 될 것 같아서 이런 자리를 마련한 거야."

구마이는 일부러 밝은 목소리로 얘기했지만 마음이 좀 불편해 보였다.

"솔직히 어때요? 정말 결혼할 마음에 흔들림이 없나요?"

나는 취기 탓인지 거침없이 물었다. 이런 적이 없었기 때문에 구마이가 자제하라는 눈치를 보냈다. 평소 때와는 역할이 바뀐 모습이었다.

"너라면 용납 안 될 것 같아?"

구마이가 한숨을 섞어가며 말했다.

"지금 만나는 사람 있지? 그 사람이 몰래 신상 조사를 했다면 용서하지 않을 거야?"

"아마도."

나는 확고하게 말했다. "너희도 그렇지 않겠어?"

그리고 엔덴 씨도. 나는 속으로 이렇게 덧붙였다. 구마이는 쓴웃음을 지으며 아무 말도 하지 않았다. 나가에는 그저 사케만 홀짝일 뿐이었다. 엔덴 씨는 물끄러미 잔을 바라보며 조용히 앉아 있었다. 그런 모습을 보면서 내 생각이 적중했음을 확신했다.

그녀는 결혼을 망설이고 있다. 하지만 프로포즈를 받은 것은 작년이다. 이미 일 년이나 지나 결혼식이 얼마 남지 않은 상황이다. 결혼은 두 사람만의 문제가 아니다. 부모, 형제, 친구, 직장을 둘러싼 커다란 행사이다. 골인 지점을 지척에 두고 결혼을 없던 일로 하는 데는 상당한 부담이 있다. 그리고 모두를 설득하려면 그럴 만한 이유가 필요했다. 과연 신상 조사라는 이유가 타당할까. 게다가 확실한 증거도 아직 없다. 그랬을지도 모른다는 추측만으로 주변 사람들을 설득할 수는 없을 것이다.

하지만 그녀는 불안하다. 일생을 함께 할 반려자에 대한 신뢰가 걸린 문제다. 그 문제는 마음 깊은 곳에 자리 잡았다. 나를 믿어 주지 않는 사람을 어떻게 신뢰할 수 있을까. 엔덴 씨, 이 결혼 그만두는 게 좋겠어요, 이렇게 말하지는 못하지만 얼굴에 쓰여 있겠지.

나가에가 작게 숨을 내쉬었다.

"우선 남자로서 후지오카 씨를 두둔해 볼게요."

그녀는 고개를 들고 애원하는 눈길로 나가에를 바라보았다. 그를 믿을 수 있게 도와 달라는 간절한 모습이었다. 구마이가 바로 나가에에게 술을 따라 주었다. 구마이도 이 상황을 심각하게 받아들이고 있는 모양이었다. 그래서 아마도 머리가 좋은 나가에에게 이 얘기를 들려주고 적당한 이유를 찾아서 그녀를 안심시키고 싶었겠지. 나가에도 그걸 잘 알고 있는 것 같았지만 내색은 하지 않았다. 그는 구마이에게 고맙다고 말하고 술잔을 들었다.

"두 사람은 2년간 사귀고 결혼하기로 했지만, 신입 사원 때부터 쭉 알고 지내 왔어요. 그럼 적어도 시오다 씨 개인에 관해서는 그가 절대적으로 신뢰할 겁니다. 하지만 요즘 세상은 그것만으로는 안심할 수 없어요. 주변이 어떤지 모르니까요. 실례지만 아버지가 사업에 실패해서 수억 엔의 빚이 있다든가, 오빠가 학생 운동을 해서 경찰이 뒷조사를 한다든가, 친척 중에 조직폭력배가 있다든가 할 수도 있지요. 결혼은 두 사람만의 문제가 아니에요. 집안과 집안이 만나는 것이기도 하죠. 시오다 씨가 아무리 좋아도 주변 문제에 휩쓸리고 싶지는 않아서 조사를 했을 수도 있어요."

"뭐야, 너 그런 남자였어?"

구마이가 투덜거렸지만 나가에는 무시하고 말을 이어갔다.

"본인은 그럴 생각 없었어도, 그의 부모님이 원했을 수도 있습니다. 시골에서 옛날 사고방식을 가지고 사는 분들이면 당연하다고 생각하셨을 거예요. 자식도 모르게 조사한 걸지도 <u>모르고요.</u>"

구마이는 이해되지 않는 표정이었지만, 여느 때처럼 울컥해서 큰소리치지 않고 이성적이고 차분하게 생각을 정리하는 듯 보였다. 구마이는 말을 시작하기 전에 먼저 사케로 목을 축였다.

"네 말에는 몇 가지 허점이 있어. 우선, 우리 회사는 식품 회사여서 무엇보다 이미지를 중요시하지. 그래서 입사 시험 때부터 확실히 해 둔다고. '미안하지만 본 회사는 신상 조사를 합니다. 본인에게 문제가 없다 해도 주변 상황으로 복잡해질 가능성이 있다면 채용할 수 없습니다.' 하고. 이 두 사람도 면접 때 같은 질문을 받았을 거야. 그걸 통과했으니 합격했을 테고. 그러니까 이 회사에 입사한 이상, 엔덴 주변에 문제가 없다는 사실을 그가 잘 알고 있는 거지. 그러니 네가 말한 이유로 신상 조사를 했다는 건 말도 안 돼."

"그리고 그는 그렇게 외딴 시골 출신이 아니에요."

그녀가 말을 이었다.

"어릴 적 아버지를 여의고 어머니 혼자 몸으로 그를 키우셨다고 들었어요. 형제도 없고 가문이랄 것도 없지만, 가정을 굉장히 소중히 여기는 사람이죠. 그러니 집안을 지키기 위해 조사했다는 건 맞지 않는 말이에요."

나가에가 순간 한발 늦은 반응을 보였다. 웬일인지 그는 눈을 크게 뜬 채로 멈추었다. '오' 하고 소리를 칠 것 같은 표정이었다. 하지만 곧바로 본래의 온화한 모습으로 돌아왔다.

"그렇군요."

나가에는 부드러운 눈길로 그녀를 바라보았다.

"시오다 씨의 부모, 형제, 친척들 누구도 결혼 상대가 걱정할 만한 문제가 없고. 후지오카 씨의 집안도 쓸데없이 문제 삼을 게 없네요."

나가에는 그녀에게서 시선을 거두고 구마이를 향해 말했다.

"그럼 그는 뭘 알고 싶어서 신상을 조사했을까?"

"그, 그건……."

구마이가 허를 찔린 듯 더듬거렸다.

"아마 회사가 조사한 바로는 알 수 없는 것이겠지. 남성 편력이라든가."

입에서 술을 내뿜을 뻔했다.

"야, 웃기지 좀 마. 요즘 세상에 처녀가 아니라서 결혼할 수 없다는 남자가 아직 있다는 거야?"

"에이즈에 감염되었다든가."

"그런 걸 어떻게 조사해. 본인이 병원에 가서 검사하지 않으면 절대 알 수 없지."

나가에가 물었다.

"그러면 뭘까?"

구마이는 팔짱을 꼈다.

"엔덴에게는 미안하지만 남은 건 과거 병력뿐이야. 후지오카 씨가 그런 사람이라고 믿고 싶진 않지만, 병 때문에 헤어지는 경우가 있기도 하니까."

"조사해 봤더니 완치 판정받은 천식뿐이어서 안심하고 프로포즈를 했다고?"

나는 분개하며 되물었다. 만일 그런 것이라면 절대로 용서할 수 없다. 여자를, 아니 사람을 속인 것이나 마찬가지 아닌가. 그녀는 금방 울 것 같은 얼굴이 되었다. 당연하다. 그렇지 않아도 흔들리고 있던 믿음이 우르르 굉음을 내며 무너져 내릴 태세였다.

나는 나가에를 보았다. 뭐라고 말을 할까. 내가 생각하는 것처럼 이 결혼을 당장 그만두라고 할까. 아니면, 마음 크게 먹고 한번 봐주라고 할까.

나가에는 조금 전까지는 부드러운 표정이었지만 지금은 약간 곤란한 얼굴로 바뀌어 있었다. 굳이 말하자면 쓴웃음에 가까운 표정이었다.

"여기에 있지도 않은 후지오카 씨가 굉장히 나쁜 사람이 돼버렸네."

그는 구마이와 그녀를 바라보며 이렇게 말했다.

"그는 덴마크까지 가서 회사일로 바쁜데. 이러면 일하는 보람이 없잖아."

나는 말을 돌리는 나가에에게 짜증이 났다.

"무슨 말이 하고 싶은 거야?"

나가에는 나를 향해 괜찮다는 듯 손을 내저었다.

"그는 시오다 씨에게 양심에 거리낄 짓은 하지 않았어. 그리고……."

나가에는 그녀를 똑바로 쳐다보았다.

"그 프로포즈는 사랑하는 사람에게 할 수 있는 최고의 말이었다고 생각해요."

수상한 침묵이 좁은 원룸을 꽉 채웠다. 나가에가 은행 껍질을 벗기며 파직, 하고 소리를 냈다.

"저기, 요스코."

구마이가 낮은 목소리로 말했다.

"그게 무슨 말이야?"

나가에가 은행을 깨물며 대답했다.

"간단해. 그는 신상 조사 같은 건 하지도 않았어. 그 프로포즈는 시오다 씨를 정말로 사랑해서 한 말이야."

"좀 더 자세히 설명해 봐."

내가 선생님처럼 따졌다. 머리가 너무 좋은 탓인지 나가에는 가끔 몇 단계를 건너뛰어 알 수 없는 얘기를 하곤 한다. 그는 내 불평에 미소를 지었다.

"솔직히 말해서 자세히 설명하고 싶지 않아."

"말씀해 주세요!"

이렇게 외친 것은 엔덴 씨였다. 간절한 표정이 그녀의 심경을 대변하고 있었다. 아는 척을 하자면, 그녀는 지금 폭풍이 치는 깜깜한 바다에 던져진 셈이다. 나가에의 이야기는 물에 빠져 허우적대다가 드디어 발견한 등대의 불빛 같을 것이다.

"그러니까." 나가에는 손끝으로 턱을 긁적였다.

"저는 시오다 씨가 왜 신상 조사를 당했다고 생각하는지 모르겠습니다. 오히려 스스로 과거에 앓았던 천식이 결혼하는

데 장애가 될 수도 있다고 걱정하는 건 아닌가요?"

그녀는 대답하지 않았다. 아니, 내 눈에는 대답하지 못하는 것처럼 보였다. 왜냐하면 그녀는 바싹 언 채로 어떠한 반응도 하지 않았기 때문이다.

나가에는 우리들을 번갈아 보며 타이르듯 말했다.

"신상을 조사해서 천식을 알았다고 치자. 그럼 천식이 다 나았다는 사실도 알았을 거 아냐. 그런데 왜 은행 얘기를 꺼냈겠어?"

"왜? 눈앞에 은행이 있으니까 천식이 생각나서……."

구마이가 설명하려고 애썼지만 스스로도 자신이 없어 보였다. 나가에는 고개를 끄덕였다.

"그럼 집에서 맛있는 은행을 요리해 먹자고 하지 않았겠지. 천식이 생각난 거라면, 은행이 천식에 좋다는 것도 알고 있었을 거야. 은행을 요리해 먹자는 말은 잘 치료해서 천식을 고치자는 의미지. 다 나은 시오다 씨에게 하는 말로는 어울리지 않아."

"……."

구마이는 결국 입을 다물었다. 하지만 아직까지 후지오카 씨에 대한 적개심을 불태우던 나는 반대 의견을 냈다.

"혹시 나중에 태어날 아이도 천식에 걸리면 어쩌나 걱정했던 거 아니야? 호흡기가 약한 집안일지도 모른다고. 그렇다면 천식을 '고치자'는 의미가 맞잖아."

너무나 멋진 반론이라고 생각했지만 나가에는 의외로 불쾌한 표정을 지었다.

"억지야. 그가 한 말은 그게 아니었어. '해 먹자'고 말했다고. 네 말대로라면 태어날 아이가 천식이기를 바란다는 뜻이잖아. 그럴 리가 없어. 그 경우에는, 집에서 은행을 먹어야 하는 상황이 벌어지지 않았으면 좋겠다고 말해야 되는 거 아니야? 하지만 그는 그렇게 말하지 않았어. 그러니 나쓰미의 말은 틀렸어."

"……."

나도 구마이처럼 입을 다물 수밖에 없었다. 나가에의 말이 맞았다. 나가에가 그녀에게 말했다.

"그는 천식 따위는 신경 쓰지 않았어요. 솔직히 천식을 앓았다는 것도 몰랐죠. 그런 얘기는 한마디도 하지 않았잖아요. 신상 조사를 했다는 건 말도 안 됩니다."

그녀는 입을 벌린 채로 멍하니 있었다. 그건 나와 구마이도 마찬가지였다. 그 말을 듣고 보니 이해가 되었다. 후지오카 씨가 은행과 천식을 연관 지어 생각했다면 그런 식으로 말하지 않았을 것이다.

나는 창피해서 얼굴이 달아올랐다. 그녀의 결혼할 사람에 대한 불안은 오롯이 본인 것임에도 내가 더 흥분해 버렸다. 그래서 여기에 있지도 않은, 만난 적도 없는 남자에게 적의를 갖고 만 것이다. 내게는 애초에 그럴 권리가 없는데도.

나처럼 창피하기 그지없을 구마이가 고개를 들며 말했다.

"그럼, 요스코. 그는 왜 은행을 보면서 프로포즈를 한 거지? 왜 은행 얘기를 한 거야?"

"단순해."

나가에는 말 그대로 간단하게 대답했다.

"연상된 거야. 초밥 집에서 은행을 보고 그가 몇 년 만이냐고 했다잖아. 그러니까 그는 우연히 은행을 보고 최근에는 먹지 않았다는 생각이 들었어. 그리고 프로포즈를 하면서도 은행을 언급했지. 하지만 그는 은행을 입에 올리기 전에 이제 가정을 꾸려야겠다고 말했어. 중요한 건 은행이 아니라 바로 그 말이야. 사실 나는 그 말이 계속 걸렸어."

"걸렸다고?"

"아, 나는 프로포즈를 해 본 적 없어서 단정할 순 없지만, 프로포즈에 '가정'이라는 말이 어울리나?"

결혼이라는 건 가정을 만드는 의식이 아닌가. 뭐가 어울리지 않는다는 건지 내가 묻자 나가에는 손가락으로 턱을 긁적였다.

"내가 가정이 없는 사람이라서 그런가. '결혼은 가정이다'라는 표현은 결혼식 축사에서나 할 법한 거 아냐? 처음에는 두 사람이 같이 생활한다는 의미가 더 크지 않을까? 물론 부부란 가정을 이루는 요소지만 이제껏 둘이서만 지내다가 갑자기 가정이라는 단어가 튀어나오면 낯설 것 같아. 그런 말이 거부감 들지 않을 때가 언제겠어?"

그건 다 아는 사실이지. 내가 즉각 대꾸했다.

"아이가 생긴다면 가정이라는 말이 어울리지."

나가에는 나에게 미소 지었다. "정답이야."

정답이라는 말을 들어도 기쁘지 않았다. 특별히 어려운 문제는 아니었기 때문이다. 하지만 나가에는 내 반응에 별 신경 쓰지 않고 말을 이어갔다.

"네 말처럼 후지오카 씨는 아이가 있는 가정을 머릿속에 그렸어. 그는 어머니와 둘이 외롭게 살아서 가정을 중요하게 생각했던 거야. 그래서 시오다 씨와 결혼해서 행복한 가정을 일구고 싶었지. 하지만 구체적인 청혼 내용은 미처 생각해 놓지 않았어. 그런데 왜 초밥 집에서 갑작스레 그런 생각이 든 걸까. 어떻게 은행을 보고 가정의 상징인 아이를 생각해 냈을까. 음식에 해박한 구마이라면 알고 있겠지?"

구마이는 어색하게 고개를 저었다. 어째서 그걸 몰랐는가 싶은 듯이.

"야뇨증이구나."

그 말을 들은 순간, 머릿속에 폭죽이 터졌다. 그렇다. 은행은 천식 말고 야뇨증에도 좋은 효능이 있었다.

"그도 어렸을 때는 은행을 싫어했을지 몰라."

구마이가 말했다.

"어머니가 밤에 오줌 싸지 말라고 억지로 먹였을 수도 있지. 아니면 식품 회사 개발부에 있으니 은행이 야뇨증에 좋다는 것 정도는 알고 있었던가. 그래도 지금까지 은행을 먹으면서 그런 생각을 한 적은 없었겠지. 하지만 그날은 달랐어. 그는 엔덴과 사귀면서 결혼을 생각하게 됐는데, 그날 은행을 보고 마침 어떤 생각이 든 거야. 그는 천식을 떠올린 게 아니었어. 은행을 보고 있으니 야뇨증이 생각났고, 뒤이어 아이가 떠오른 거지. 그리고 사랑하는 여자가 옆에 있었고. 그는 불쑥 이런 생각이 든 거야. 이 여자와 가정을 꾸려 아이를 낳고 싶다고……."

나가에는 만족한 얼굴로 고개를 끄덕였다.

나는 이제야 사건의 전말을 이해했다. 어머님이 혼자 몸으로 고생해서 그를 키웠다고 그녀가 말하자, 나가에가 오, 하고 소리칠 뻔한 상황이 떠올랐다. 그 순간이 바로 후지오카 씨가 아이가 있는 가정을 간절히 원한다는 걸 나가에가 알아차린 대목인 것 같았다. 그는 아이를 바랐다. 나가에는 그것을 깨닫고는 더 이상 천식에 매달리지 않고, 야뇨증에서 아이로 생각을 발전시켰다.

"옆에는 사랑하는 여자. 눈앞에는 은행. 그 순간, 후지오카 씨가 떠올린 것은 오줌싸개 아이와 그 아이에게 은행을 먹이는 시오다 씨입니다. 아주 평화롭고 마음 따뜻해지는 일상이지요. 그래서 그만 가정이라는 단어가 불쑥 나온 거예요. 그 말을 하면서 마음이 확실해졌죠. 이 여자와 따뜻한 가정을 만들어야겠다고. 다만 은행을 보고 야뇨증을 연상한 건 좀 성급했어요. 시오다 씨가 아이에게 은행을 먹이는 상상을 했다는 설명도 없이 바로 얘기했으니, 오해한 것도 무리는 아닙니다. 저, 구마이는 부정했지만 이 일은 결국 메리지 블루에서 시작된 걸로 보여요. 결혼 때문에 불안해져서 과거에 앓았던 병에까지 생각이 미친 거죠. 하지만 괜찮아요. 당신이 선택한 그 남자는 훌륭한 사람입니다. 당신은 행복하게 잘 살 거예요."

나가에가 말을 마치자 다시 침묵이 찾아왔다. 하지만 이번 침묵은 나쁘지 않았다. 그가 마음속에 그린 따뜻한 가정. 우리도 그 따뜻함을 조용히 음미했다. 접시에 담긴 은행. 아름다운 여자가 아이에게 은행을 먹이고 있다. 싫다고 하는 아이에게 자다가 오줌 싸지 않으려면 먹어야 한다고 웃으면서 말한다. 우리 엄마의 예전 모습과 묘하게 닮은 구석이 있다.

탁자에 똑똑 물방울이 떨어졌다. 엔덴 씨의 눈물이었다. 그녀는 작은 목소리로 미안해요, 정말 미안해요, 하며 여기에 있지도 않은 후지오카 씨에게 사과했다. 나가에가 말한 대로 그녀는 결혼을 앞둔 불안한 마음에 사랑하는 남자의 말을 지나치게 오해했다. 천식을 앓을 때의 아픈 기억도 어느 정도 작용했을 것이다. 그녀는 아주 작은 오해로 많이 불안했을 것이다. 하지만 나가에가 풀어 주었다. 몇 마디 말로 간단하게 마음을 회복시켜 주었다. 역시 나가에는 대단했다. 단순히 머리만 좋은 게 아니라 적절하게 쓸 줄도 아는 지혜로운 남자였다.

구마이가 그녀의 어깨를 툭 쳤다.

"엔덴, 많이 마셔 둬. 임신하면 술도 못 마실 거 아냐."

그녀는 고개를 들었다. 눈물로 엉망이 되었지만 표정은 더없이 밝았다. 나가에가 티슈를 가져다주자 코를 횡 풀었다. 눈물도 말끔히 닦아 내고 다시 잔을 들었다.

"정말 고맙습니다. 덕분에 마음이 아주 편해졌어요."

그녀는 사케가 든 잔을 기울였다.

"아이가 생기면 반드시 은행을 먹여야겠어요."

탁자에 웃음꽃이 활짝 피어났다. 겨우 술자리 분위기가 무르익었다.

"하지만 너무 많이 먹이면 탈이 난다구요."

내가 말했다.

"몸에 좋은 것도 적당히요."

악마의
키스

사극 드라마처럼 무언가를 계속하도록 유지하려면 같은 패턴을 반복하는 것이 좋다. 거기에 약간의 강약을 더하면 밑바탕은 같아도 싫증나지 않는다.

　나가에 다카아키와 구마이 나기사, 그리고 나ー유아사 나쓰미의 술자리도 마찬가지다. 대학 시절부터 술친구였던 우리는 학교를 졸업하고도 기회가 있을 때마다 모여서 술을 마셨다. 다만, 우리 셋이서만 마시면 재미가 없으니 최근 몇 년간은 손님을 초대하고 있다. 손님이 오면 다른 화제로 대화를 나눌 수 있어 새로운 즐거움이 싹튼다. 견문을 넓히기에도 그만이다.

하지만 손님은 어디까지나 손님이었다. 좋은 사람은 많았지만 정예 멤버가 되지는 못했다. 우리가 특별히 배타적인 건 아니다. 하지만 웬일인지 그렇게 되었다. 말하자면 우리 셋의 술자리라는 틀은 그대로 두고, 손님이라는 강약을 더해 싫증 나지 않도록 유지하는 셈이었다.

그런데 이번 손님은 지금까지와는 전혀 달랐다. 우리 셋이라는 밑바탕을 무너뜨릴 만큼 강력한 존재인 것이다.

그도 그럴 것이 오늘 밤 손님, 후유키 겐타는 나의 약혼자였다.

"괜찮겠어? 정말 내가 가도……."

겐타는 원룸 빌라 앞에서 재차 물었다.

"언제나 셋이서 마셨잖아."

"괜찮아, 괜찮다구."

나는 가볍게 손을 저으며 말했다.

"매번 손님을 데리고 왔다니까. 오늘은 겐타가 손님이야."

"그렇지만."

겐타는 주저했다.

기분을 모르는 것은 아니었다. 우리 세 사람은 내가 겐타를 만나기 전부터 모임을 가져왔다. 나름의 역사가 있는 셈이다. 그런 자리에 나와 긴밀한 관계에 있는 겐타가 온다니. 겐타는 평소와 달리 나가에와 구마이가 필요 이상으로 신경 쓸까 봐 걱정하는 것이다. 말하자면 겐타는 그런 배려를 하는 사람이다.

"그 친구들은 불편해하는 타입이 아니니까 안심해."

말은 그렇게 했지만 사실 나도 조금 두근거렸다. 두 사람에게 겐타를 소개하는 것은 오늘 밤이 처음이다. 어떤 반응을 보일까.

술 파티의 본거지에 도착해 벨을 눌렀다. 안에서 예, 하는 소리가 나더니 문이 열렸다. 집주인인 나가에가 아니라 구마이가 나왔다. 반듯한 얼굴에 비치는 그 야릇한 미소는 짓궂은 속셈을 담고 있는 듯했다.

"어서 오세요." 구마이는 웃음을 머금고 목소리를 높여 인사했다. "남편 분도."

"남편은 아니라고." 나는 머플러를 벗으며 말했다. "아직 결혼 날짜만 받았어."

하지만 구마이는 전혀 수그러들지 않았다. "그게 결혼한 거나 다름없지."

현관에서 짧은 복도를 지나 방에 들어서자 나가에가 온화한 미소를 지으며 다가왔다.

"딱 맞춰 왔네. 마침 준비 다 됐어."

나가에가 옷걸이 두 개를 내밀었다. 나와 겐타는 인사를 하고 코트를 벽에 걸었다. 그리고 세면대로 가서 손을 씻고 나서 탁자에 앉았다.

"처음 뵙겠습니다. 후유키라고 합니다."

겐타는 두 사람에게 정중히 인사했다. 나가에가 차분하게 인사를 받는가 싶더니 갑자기 뭔가 생각난 듯 멈춰섰다.

"……후유키?"

나가에는 눈을 크게 떴다. 그리고 느닷없이 괴상한 질문을 했다.

"그럼, 결혼하면 '후유冬'키木 '나쓰夏'미美가 되는 건가?"

그러고는 쓸데없는 소리를 했다는 걸 알았는지 금세 나가에 얼굴이 붉어졌다.

좋았어!

나는 내심 쾌재를 불렀다. 나가에가 썰렁한 말을 해대는 걸 보니 겐타를 데리고 온 보람이 있었다.

좀처럼 구경할 수 없는 나가에의 동요하는 모습에, 늘 구닥 다리 농담이나 하던 구마이가 여유로운 웃음을 날렸다.

"설마, 이런 식으로 웃기려고 결혼하는 건 아니겠지?"

"아, 눈치 챘어?"

내가 천연덕스럽게 대답하자 모두가 크게 웃었다.

"그럼 시작해 볼까?"

그제야 정신을 차린 나가에가 이렇게 말을 하며 부엌으로 갔다.

탁자에는 못 보던 것이 놓여 있었다. 핫플레이트였다. 이 집에서 술을 마신 지 꽤 오래 됐지만 핫플레이트를 본 것은 처음이었다. 쓸데없는 물건을 사들이지 않는 나가에가 이런 부피 큰 물건을 가지고 있다는 게 조금 의외였다.

"모처럼 결혼할 분을 모시고 온 특별한 날에 미안하지만."

구마이가 황송하기 그지없다는 듯 말했다. "오늘은 새로운 것에 도전하는 날이야."

그리고 보니 겐타를 두 사람에게 소개하느라 오늘 밤 술자리의 주제는 물어 보지도 않았다. 구마이의 손으로 눈을 돌렸다. 구마이는 홀쭉하고 투명한 유리병을 쥐고 있었다. 병 안에는 갈색의 액체가 들어 있었다.

"위스키?"

내가 묻자 구마이는 고개를 저었다.

"브랜디야."

브랜디라면 장식이 들어간 화려한 병이라는 이미지가 있

다. 그런데 이런 소박한 병도 있었나. 술은 좋아하지만 아는 것은 별로 없는 나는 조금 의아했다. 그런데 옆에 앉은 겐타가 입을 딱 벌렸다.

"혹시 폴 지로입니까?"

구마이의 표정이 변했다. 대단한데, 하는 느낌이랄까.

"아시는군요."

겐타는 머리를 긁었다.

"이름만 아는 거죠. 마셔 본 적은 없습니다."

"그럼 오늘 맘껏 음미해 보세요. 우연히 두 병을 손에 넣었거든요."

"저기." 나는 겐타의 팔을 끌어당겼다. "저게 뭐야?"

겐타는 작은 목소리로 대답했다.

"나도 잘은 모르지만 좀처럼 구하기 어려운 고급술이야."

"그렇구나."

약간은 감동했다. 물론 구마이가 손이 크다는 건 알고 있었다. 하지만 이런 귀한 술을 내가 결혼할 사람을 데리고 온 날 개봉하다니. 그런데.

"그런데 뭐가 도전이라는 거야?"

"그건 말이야." 나가에가 커다란 그릇을 안고 왔다. "우리가 아직 먹어 보지 못한 조합이라서 그래."

나가에는 탁자에 그릇을 놓았다. 안에는 옅은 회색의 뭔가가 담겨 있었다. 질퍽한 액체였다. 언뜻 보아서는 핫케이크 반죽 같았다.

"메밀 팬케이크야."

　나가에가 달궈진 핫플레이트에 버터 조각을 녹이며 말했다.

　정말 의외의 조합이다. 브랜디와 메밀 팬케이크라니. 그렇다고 해서 브랜디에 어울리는 안주가 딱히 떠오르지는 않는다. 애초에 브랜디는 젊은 사람과는 어울리지 않는 술이어서 마실 일이 별로 없었다. 언젠가 초콜릿에 곁들였을 때 나쁘지 않았던 기억 정도만 남아 있다.

"브랜디는 버터와 잘 맞아."

　구마이가 잔을 나란히 세우며 설명했다.

"그래서 버터를 잔뜩 넣은 안주가 좋겠다고 생각하다 바삭바삭하게 구운 팬케이크가 딱 떠오르지 뭐야."

　나는 브랜디와 메밀 팬케이크의 조합을 머릿속에 그려 보았다. 브랜디를 마셔 본 적도 있고 메밀가루로 만든 팬케이크도 먹어 본 적이 있다. 하지만 이 두 가지를 함께 먹을 때 어떤 맛이 날지는 상상이 가질 않았다. 구마이가 모험이라고 말한 뜻을 알 것 같았다. 동시에, 며칠 전 일이 떠올랐다.

"아, 그래서 전에 알레르기가 있냐고 물었구나. 젠타에게 메밀 알레르기가 있는지."

"응. 그렇지."

겐타가 궁금하다는 표정을 지었다.

"전에 우리 신슈(나가노 현의 다른 이름—옮긴이 주)로 여행 가서 메밀국수 먹었잖아. 그게 생각나서 메밀 알레르기 없다고 했어."

"어머나, 결혼 전 여행이라." 구마이가 익살스럽게 얼굴을 찡그렸다. "너무 막 나가는 거 아니야?"

"너한테 그런 소리 듣고 싶지 않거든. 아무튼 메밀은 괜찮아."

"네, 메밀국수는 제가 좋아하는 음식입니다. 메밀로 만든 건 다 잘 먹어요."

겐타는 그렇게 얘기했지만 시선은 천장에 가 있었다. 기분이 나쁜 것 같지는 않았다. 뭔가 떠오른 듯했다. 하지만 확실히 생각나지 않는지 머리를 작게 흔들었다.

"이제 구울게요."

나가에가 국자로 반죽을 떠서 핫플레이트 위에 올렸다. 지글지글 소리를 내며 반죽이 익어갔다. 능숙한 솜씨로 국자를 놀려 핫플레이트 위에 네 개의 얇은 원반을 만들었다.

잠시 기다리니 표면에 톡톡 기포가 생겼다. 그쯤 익으면 재빨리 뒤집어야 한다. 나가에는 다시 능숙한 손놀림으로 팬케이크를 뒤집었다. 포장마차에서 아르바이트라도 하는 건가 싶을 만큼 훌륭한 솜씨였다.

"얘가." 구마이가 작은 목소리로 말했다. "오늘 쓰려고 일부러 핫플레이트를 샀대."

"……." 할 말이 떠오르지 않았다.

생각지도 않게 눈물이 나오려고 했다. 나를 축하해 주기 위해 그랬단 말이지. 나가에의 친구를 위하는 마음은 잘 알고 있다. 하지만 그게 나를 위한 것이라니 더욱 기뻤다.

"자, 다 됐다."

나가에는 잘 만들어진 따끈따끈한 팬케이크를 그릇에 담았다. 팬케이크 위에 미리 냉장고에서 꺼내 둔 버터를 올렸다. 처음 것은 겐타에게, 두 번째는 나에게 건네주었다. 한편, 구마이는 잔에 브랜디를 채웠다. 이제 다 차려진 듯했다.

평소에는 손님을 데리고 온 사람이 건배 제의를 했다. 하지만 오늘은 나도 손님으로 쳤기 때문에 구마이가 잔을 높이 들었다.

"자, 나쓰미와 후유키 씨의 결혼을 축하하며 건배합시다! 그래도 40도쯤 되는 술이니 한 번에 다 마시진 말아 줘. 아까우니까. 그럼, 건배!"

"건배!"

"결혼 축하해."

잔을 가볍게 들어 입가로 가져갔다. 향기는 생각보다 드라이했다. 하지만 코를 찌르는 알코올 향은 없었다. 술을 입에 머금었다. 달달한 과일 맛이 살짝 퍼졌다. 그래도 역시 알코올 도수 40도. 갈색 액체가 목구멍을 뜨겁게 자극하며 미끄러져 내려갔다.

그 열기가 사그라지지 않은 상태에서 메밀로 만든 팬케이크를 베어 먹었다. 가장자리가 버터에 바삭바삭하게 구워졌다. 파삭, 소리 내어 한입 베어 무니 메밀가루의 소박한 맛과 촉촉한 버터의 깊은 맛이 절묘하게 맞아떨어졌다. 다시 브랜디를 마셨다.

"오호."

감탄사가 절로 나왔다. 마치 팬케이크에 꿀이라도 바른 것처럼 향기로운 맛이 입 안에 가득 퍼졌다. 버터의 깊은 맛이 꽃향기의 묵직한 부분을 잡아 주고 화사함만 도드라지게 만들었다. 잘 맞는다. 내가 상상도 하지 못했던 조합이다. 구마이는 역시 굉장한 감각을 가졌다. 아니면 식품 회사에 다니는 사람에겐 당연한 발상일까. 아니. 술고래의 진화임에 틀림없었다.

"이거 정말 좋은데요."

겐타도 감탄했다

"브랜디도 훌륭하고, 팬케이크가 아주 잘 어울리네요."

나가에가 미소 지었다.

"좋다고 하시니 기쁘네요."

처음 한 장은 모두 금방 먹어 버렸다. 나가에가 핫플레이트를 종이 타월로 가볍게 닦아 내고 두 번째 반죽을 굽기 시작했다.

"그건 그렇고, 후유키 씨를 만나 뵙게 돼서 다행이에요."

구마이가 갑자기 뜻 모를 말을 했다. 겐타가 고개를 가볍게 갸웃했다.

"사귀는 사람이 있다는 말은 했지만, 얼굴을 보여 주지 않아서 우리는 정말 그런 사람이 있기는 한 건지 의심했거든요."

"쳇, 그런 말을 뭣하러……."

내가 투덜거렸지만 구마이는 개의치 않았다.

"그런데 나쓰미의 애인이 이렇게 좋은 분일 줄 몰랐네요."

구마이는 장난기로 번들거리는 눈길로 나를 쳐다보았다.

"어떻게 낚아챈 거야?"

"뭐, 어두운 마법을 써서 꾀었지."

"역시 그렇군."

"마법이었는지는 잘 모르겠지만." 빙그레 웃으며 대화를 듣고 있던 젠타가 천천히 입을 열었다.

"대단할 것 없는 평범한 만남이었습니다. 저희는 회사 동기 니까요."

"아, 그렇군요."

"응." 나도 고개를 끄덕였다. "요즘 가장 흔한 연애 수순을 밟은 거지."

"그러네요."

나가에가 네 장의 팬케이크를 뒤집으며 대화에 끼었다.

"대학 다닐 때 사귀던 커플이 취직하면 대부분 헤어지니까요. 직장에서 만난 상대와 결혼하는 비율이 더 높을지도 몰라요."

"쿨하게도 얘기하네." 구마이가 조금은 불만인 것 같았다. "넌 가까이 핀 꽃에 넘어가는 인간이었던 거야?"

나가에는 구마이의 말을 가볍게 받아넘겼다.

"가까이나, 멀리나 꽃이란 게 있어야지."

꽃이 없는 게 아니라 잔뜩 피어 있어도 눈에 들어오지 않으니 그렇지, 하고 생각했지만 입 밖으로 내지 않았다.

"확실히 우리 주변에는 사내 연애를 하는 사람이 많아."

대신에 이렇게 말했다. 모임에 온 여러 손님들이 사내 연애에 관한 얘기를 했다. 결실을 맺기도, 덧없이 헤어지기도 했다.

"그래도 역시 학생 시절의 연애는 소중히 간직했으면 해요."

겐타가 말했다. 순간, 가슴이 철렁했다. 그는 학창 시절에 사귄 여자를 아직도 마음에 간직하고 있다는 말인가.

내 불안한 마음이 얼굴에 나타났는지, 겐타가 손을 내 얼굴 앞에서 휘이휘이 흔들었다.

"마코 얘기야."

그의 답을 듣고 불안감이 사그라들었다.

"아, 마코."

갑자기 튀어나온 이름에 구마이가 궁금해했다.

"겐타의 여동생이야." 내가 덧붙였다. 이렇게만 말해 줘도 눈치 빠른 구마이에게는 충분했나 보다.

"아, 여동생이 학생 때 사귄 사람과 이제껏 연애 중인 거군요."

그런데 겐타는 긍정인 듯, 부정인 듯 애매하게 고개를 흔들었다.

"그게 좀 미묘한 상태예요."

겐타는 거기서 갑자기 말을 끊더니 잠시 후 "아, 그렇구나." 하고 말했다.

"왜 그래?"

"조금 전에 말이야."

겐타는 잔에 남은 브랜디를 비웠다.

"메밀 알레르기 얘기. 메밀은 아니지만 아는 사람 중에 생물 알레르기를 가진 사람이 있어. 그게 누군지 기억이 안 났는데 이제 생각났어. 노자와. 마코의 남자친구지. 나쓰미는 만난 적이 없을 거야."

나는 고개를 가로저었다.

"만난 적은 없어. 마코가 자랑하거나 푸념을 늘어놓는 걸 듣기만 했지."

"자랑도 하고, 푸념도 했다?" 구마이의 눈이 빛났다. "그래서 미묘하다고 말했군요."

구마이는 '다른 사람의 불행은 꿀맛'이라고 거리낌 없이 말하는 인간이다. 그런 종류의 분란을 매우 좋아해서 이야기를 계속 끌어낸다. 구마이가 겐타에게 브랜디를 따라 주었다.

"무슨 일이 있었는데요?"

다른 사람의 연애담은 고사하고 자신의 연애에도 흥미가 없는 나가에가 덩달아 물었다.

"생물 알레르기라니, 무슨 알레르기인가요?"

동시에 다른 질문을 받은 겐타는 어느 쪽에 먼저 답을 해 줘야 할지 망설였다. 하지만 답하기 쉬운 나가에의 질문에 먼저 대답하기로 마음을 먹은 것 같았다.

"새우예요. 생새우. 노자와는 생새우를 만지면 가려워한다고 들었습니다."

"생새우?"

나가에가 다소 놀라워했다.

"그러면 횟감용 단새우 같은 건 못 먹겠군요."

젠타는 고개를 끄덕였다.

"네. 익힌 새우는 괜찮은데 날 것은 절대로 안 된대요. 손가락으로 만지기만 해도 가렵고, 모르고 먹었다가는 바로 다음날 목구멍까지 퍼져서 큰일 난다고 해요. 시험관처럼 생긴 솔로 목구멍을 쓱쓱 긁어내고 싶을 정도로."

"으으."

나도 모르게 신음 소리가 흘러나왔다. 얘기를 듣는 것만으로도 목구멍이 가려운 느낌이었다. 우리는 생새우를 잘못 먹은 노자와의 고통을 상상하며 각자 괴로워했다.

"근데 메밀 알레르기가 있는 사람이 메밀을 먹으면 죽을 수도 있다고 들었어. 가려운 걸로 끝난다면 생명에는 지장이 없으니 그나마 다행이지."

내가 괜찮다고 위로하자 나가에는 심각한 표정으로 말을 끊었다.

"아냐. 방심해선 안 돼. 격렬한 급성 알레르기 반응인 아나필락시스 쇼크가 일어나는 경우도 있으니 절대 가볍게 생각해선 안 된다구."

젠타가 고개를 끄덕였다.

"노자와는 생명이 위험하진 않았지만……."

"그렇지만?"

젠타는 쓴웃음을 지으며 대답했다.

"파국의 위험이 있었어요."

"파국의 위험이라."

나가에가 말을 반복하며 구마이를 쳐다보았다. 그 다음을 부탁한다는 듯이. 뭐야, 다른 사람의 연애에는 관심이 없으니 이쪽에서 본인은 얘기를 그만한다는 건가. 그리고 젠타가 가족 얘기를 하기가 곤란할까 봐 알레르기를 미끼로 쓴 것이고. 나가에는 태연히 구마이에게 바통을 넘겼다. 눈치가 빠르다고 해야 할까.

젠타는 나가에의 의도를 모른 채로 브랜디 잔을 들었다. 얘기를 시작하려는 것 같았다.

"사실 여동생 먼저 결혼 얘기가 오갔습니다. 동생은 학교 다닐 때부터 사귄 남자가 있었는데, 그게 앞서 말한 노자와예요. 동아리 동기로 1학년 때부터 죽 사귀어 왔죠. 행동이 시원스럽고 활달한 좋은 젊은이입니다."

구마이가 흠흠거리며 열심히 귀를 기울였다. 팬케이크와

브랜디를 번갈아 먹으며 얘기를 듣고 있어서 마치 아침 드라마를 보는 주부 같았다.

"동생과 노자와는 사회에 나온 지 일 년이 다 되어 갈 무렵이었어요. 원래는 취직하면 바로 결혼하려고 했지만, 양가 부모님들이 반대했어요. 적어도 일 년은 회사 생활 하며 사회라는 걸 경험해 보라고요. 일 년을 다니고 나서 본인들이 결혼할 능력이 되는지 판단하라고요. 두 사람은 부모님의 의견을 따라 일 년을 기다렸죠. 노자와는 유명 화학 회사의 영업부에서 열심히 근무했고, 결혼할 준비가 되었다고 확신했어요."

"우리 회사 영업부 직원들도 결혼을 빨리하는 편이야."

내가 끼어들자 구마이가 째려보았다.

"얘기 좀 끊지 마."

아이고 맙소사.

"두 사람은 이제 결혼하자는 데 의견을 모았어요. 그래서 양가 부모님들께 정식으로 인사를 드릴 예정이었습니다. 그런데 직전에 일이 생겨서 심하게 다퉜어요."

"일이 생기다니요?"

구마이가 몸을 앞으로 당겼다. 겐타가 곤란한 듯 웃었다.

"알레르기입니다."

"생새우 말인가요?"

"네. 대강 그렇습니다. 동생과 노자와는 어느 주말에 만나 결혼식장 예약부터 신혼여행 일정까지 정하기로 했어요. 그런데 그 전날에 노자와가 회식이 있었나 봅니다. 영업부 회식은 심하게 노는 편이고, 늦게까지 술도 많이 마시지요. 그래서 그는 토요일에 못 일어날지도 모르니 집에 와서 깨워 달라고 미리 얘기했어요. 그는 대학 시절부터 쭉 같은 아파트에 살고 있었고, 동생은 물론 그 집 열쇠를 가지고 있었지요."

구마이가 이번에는 나한테 그랬던 것처럼 '막 나간다'고 하지 않았다. 집중해서 듣느라 여념이 없었다.

"토요일에 동생은 노자와의 아파트로 가서 열쇠로 문을 열고 안으로 들어갔습니다. 예상한 대로 노자와는 이불 속에서 자고 있었어요. 동생은 방에 가득찬 술 냄새를 없애기 위해 창문을 연 뒤, 바닥에 나뒹구는 바지를 옷걸이에 걸었어요. 그러고 나서 노자와를 깨웠죠."

바지런하게 움직이는 젊은 아가씨의 모습을 상상하니 절로 웃음이 나왔다. 그렇지만 겐타의 얼굴은 나와는 반대로 어두웠다.

"잠에 취해 있는 노자와의 얼굴을 보고 동생은 놀라고 말았어요. 그의 입술이 새빨갛게 부어올라 있었거든요."

구마이의 눈썹이 움찔했다.

"그는 잠든 채 손으로 입술을 긁었어요. 간지러웠던 거죠. 동생은 그 모습을 보고 생새우 알레르기가 생각났어요. 술집에서 회식을 하면 회가 나오는 경우가 많잖아요. 혹시 노자와가 생새우를 먹은 건 아닐까 걱정이 된 동생은 그를 깨웠어요. 겨우 눈을 뜬 그는 술에 취해서 생새우를 먹었는지 안 먹었는지 기억이 안 난다고 했어요. 입술이 가려운 것 말고는 다른 이상은 없어서 우선 안심했지만 동생은 좀 이상하다는 생각이 들었다고 해요."

"이상하다니?"

내가 반문하자 겐타는 나를 쳐다보았다.

"생새우를 먹어서 입술이 그렇게 됐다면 목구멍도 가려웠을 거 아냐? 하지만 노자와는 입술만 가려워했어. 이상하지 않아?"

"아, 그러네."

이상하긴 했다. 하지만 그로 인해 어떤 일이 생겼다는 건지 짐작이 되지 않았다. 겐타는 이야기를 이어갔다.

"생새우를 입에 대긴 했지만 삼킨 것은 아니라는 말인데. 동생은 어떻게 하면 그렇게 될 수 있을까 생각했어. 술에 취해 단새우 회를 입에 넣은 순간 자신이 알레르기 체질이라는 게 떠올라 얼른 뱉어 냈다든가."

196

겐타는 자기가 한 말을 부정하며 고개를 저었다.

"그게 제일 자연스럽지만 그는 예전부터 알레르기 원인이 되는 음식을 무의식적으로 피해 왔어. 실제로 대학 시절, 동생은 노자와와 함께 술을 자주 마셨지만 아무리 취해도 생새우에는 손도 대지 않았다고 해. 그러니 그날도 단새우 회를 먹은 건 아닐 거야."

그건 그렇다. 피망을 싫어하는 사람이 취했다고 해서 피망을 먹지는 않는다. 마찬가지겠지. 아니, 오히려 건강에 이상이 생기는 알레르기라면 더 철저하게 피할 것이다.

"그래서 동생은 먹은 게 아니고, 입술에 댄 거라고 생각했어. 영업부 회식에서는 다들 술을 많이 마시니 취한 선배나 상사가 장난삼아 노자와의 입에 생새우를 넣은 게 아닐까. 그는 같은 부서 사람들에게 얼마 후에 결혼할 것이고 회식 다음 날 식장을 예약할 거라고 말했다고 했어. 그래서 술에 취해 축하한다고 그런 짓을 했을 수도 있겠다고 생각한 거지."

상상할수록 몸서리가 쳐졌다. 나가에가 지적한 대로 장난으로 한 행동에 어떤 사람은 치명적인 위험에 빠질 수도 있기 때문이다. 아무리 생각해도 그건 지나친 장난이다. 잘 알지도 못하는 그의 회사 사람들에게 분개하고 있는데 겐타가 다시 고개를 저었다.

"그것도 이상해. 동생이 회식 중간에 잠들었냐고 물었는데, 노자와가 아니라고 했다는군. 아무리 취했어도 깨어 있는 사람에게 그런 장난을 칠 수는 없지. 기숙사에서 먼저 잠든 친구 얼굴에 낙서했다는 말은 들어 봤지만, 그건 어디까지나 잠들었기 때문에 칠 수 있는 장난이야. 생새우를 입술에 대는 것도 마찬가지지. 억지로 먹였다면 몰라도 입술에만 댔다니. 노자와도 기억이 안 난다고 하고. 그래서 마코는 이것도 말이 안 되는 가설이라고 생각했어."

젠타는 동생이 생각했던 흐름대로 이야기를 해 줬다. 그걸 듣고 있자니 그녀가 상당히 논리적인 사람이라는 생각이 들었다. 가설을 세우고 차분하게 검증해 나가는 마코. 나가에나 구마이와 잘 맞을 것 같았다.

"노자와 본인도 경험상 생새우 때문에 입술이 가려운 거라고 생각했지만, 짐작 가는 바가 없었어. 마코는 그에게 무슨 일이 있었던 것일까 골똘히 생각하다가 놀랄 만한 가설을 떠올리고 말았지."

구마이가 알겠다는 듯 손을 들었다.

"키스, 맞죠?"

젠타는 당황한 듯 웃어 보였다.

"그렇습니다. 동생은 그가 술에 취해서 회사 여직원하고 키스를 한 게 아닌가……. 키스 직전에 그 여자가 생새우를 먹었고요. 그 여자는 취했고, 노자와가 생새우 알레르기가 있다는 사실도 몰랐을 거예요. 어쨌든 입술에 생새우를 묻힌 채로 노자와와 키스했고 그게 그의 입술에 묻어 알레르기를 일으켰다……. 동생은 그렇게 생각한 겁니다."

겐타는 작게 한숨을 내쉬었다.

"뜻밖의 생각인지는 몰라도 그게 아니면 입술만 부어오른 이유를 설명할 길이 없었어요. 노자와도 전날의 기억이 희미해서 자신 있게 부정하지는 못했고요. 그래서 토요일 아침부터 다퉜던 겁니다. 동생은 화가 나서 돌아왔고, 그도 일방적으로 몰려서 기분이 나빴겠죠. 두 사람 모두 헤어질 생각은 아니었지만 바로 결혼하려던 분위기가 유야무야 되어 버렸습니다. 허공에 붕 뜬 채로 일시 정지 돼 버린 거지요. 그러는 동안 우리 결혼이 정해졌습니다."

겐타는 이야기를 하다가 지친 듯이 술을 마셨다. 독한 술은 목을 축이기에는 적합하지 않지만 기분을 차분하게 하는 효과가 있다. 그는 다소 많은 양의 브랜디를 마시고 나서 훅 하고 한숨을 쉬었다.

나도 처음으로 듣는 얘기였다. 결혼을 약속하고 나서, 마코와 얘기를 나누다가 남자친구인 노자와에 대해서도 자주 들었다. 하지만 그 둘의 결혼이 자꾸만 미뤄지는 이유를 오늘 밤에야 알게 되었다.

"음."

소리를 낸 것은 구마이였다.

"확실히 알레르기가 원인이 됐네요. 좀 무서운 얘기지만 완전히 깨진 것은 아니니 다행이에요."

겐타가 팬케이크를 먹으며 중얼거렸다.

"술에 취해서 다른 여자와 키스했다고 헤어지면 자기만 손해죠."

"맞아요."

지금까지 아무 말도 없이 듣기만 하던 나가에가 입을 열었다.

"확인하고 싶은 게 있는데요."

겐타는 고개를 갸웃했다.

"뭐지요?"

"기본적인 겁니다. 다른 여자와 키스한 게 아니냐고 말했을 때 노자와 씨가 자신 있게 부정하지 못했다고 말씀하셨잖아요. 그 이유는 전날 밤 회식에서 최소한 두 가지 조건이 맞았기 때문이에요. 하나는 안주로 생새우가 나왔다는 것. 다른 하나는 키스했을 만한 여직원이 회식 자리에 있었다는 것. 이 두 가지를 확인하셨나요?"

겐타는 고개를 끄덕였다.

"네, 그건 확인한 모양이에요. 상차림에 생새우가 있었지만 먹은 기억은 없다고 했답니다. 회식 자리에 여직원이 몇 명 있었지만 전부 선배들이었다고 해요."

"흠." 나가에는 오른손으로 턱을 만졌다. "조건은 딱 맞군요. 그럼 또 한 가지, 노자와 씨는 2차를 갔답니까?"

겐타는 기억을 되살리려는 듯 미간을 모았다.

"가지 않았을걸요. 다음 날 일이 있다 하고 2차 가는 사람들과 헤어졌다고 들은 것 같아요. 지갑에 돈도 그대로 있었대요. 2차에 갔다면 돈을 나눠 냈을 거예요. 그 다음 주에 카드 청구된 돈도 없었다는 걸 보면, 희미한 기억대로 1차만 마치고 집으로 돌아온 것 같아요."

"그렇군요." 나가에는 브랜디를 마셨다. "1차에서 바로 돌아왔고, 자고 일어나니 입술이 부어올라 있었다……."

"다른 여자와 키스한 거라면, 1차 회식 때겠죠."

겐타는 그렇게 말은 했지만 납득할 수 없다는 표정이었다. 나도 뭔가 정리가 되지 않았다. 나가에는 사실 관계만 확인했다. 겐타의 대답은 자연스러웠고, 나가에는 반문하지 않았다. 그런데도 뭔가 탐탁지 않았다.

그 원인은 쉽게 발견되었다. 나가에의 표정 때문이었다. 초대한 손님 앞에서 언제나 온화한 표정을 짓고 있던 나가에가 오늘은 이상하게도 무표정이었다. 표정을 숨기고 있다는 게 맞는 표현일지도 모르겠다.

오늘은 오랜 친구인 내가 결혼할 사람을 데리고 왔다. 처음부터 평소의 나가에와는 다르게 느껴져 몸이 안 좋은가 하고 생각했지만, 그런 것 같진 않았다. 나는 나가에의 머리에 대해 잘 알고 있다. 단순히 공부를 잘하는 게 아니라 실생활에서의 문제 해결 능력이 뛰어나다. 지금 그 머리가 무언가를 알아낸 것이 아닐까?

나쁜 예감이다. 나가에가 알아낸 것이 즐거운 종류라면 그의 표정은 좀 더 부드러웠을 거다. 그렇지 않은 걸 보니 나가에는 겐타의 얘기에서 불편한 사실을 찾아낸 것 같다. 그게 뭘까?

내 불안한 얼굴을 보고 구마이가 말했다.

"요스코, 표정이 이상한데."

나가에는 오른쪽 손바닥을 턱에 괴었다. 구마이는 눈을 치켜뜨고 나가에를 쳐다봤다.

"무슨 생각을 하는 거야?"

나가에는 대답하지 않았다. 접시에 남은 팬케이크를 마저 먹고 브랜디를 마셨다. 분명히 망설이고 있다. 하지만 결국 말을 하기로 한 모양이었다. 탁자 위에 잔을 내려놓고 겐타를 쳐다봤다.

"두 사람이 헤어지지는 않았지만 빠른 시일 내에 결혼할 것 같지는 않다고 하셨죠?"

겐타가 대답했다.

"네, 분명히 그렇게 말했습니다."

"생새우 사건은 좀 지난 일이겠고요. 그 후로 결혼에 대해 나눈 얘기는 없습니까?"

"네." 겐타는 대답을 하면서도 표정이 어두워졌다.

"최근 우리 둘이 결혼을 약속하는 걸 보고 동생이 고심하는 것 같아요. 결혼식을 연달아 치를지도 모르겠습니다."

나가에가 겐타를 쳐다보며 말했다.

"상황을 좀 더 지켜보는 게 좋을 거예요."

침묵이 좁은 원룸을 가득 메웠다. 구마이도, 나도, 그리고 겐타도 마땅히 할 말이 떠오르지 않았다.

나가에는 술 표면을 가만히 쳐다봤다.

"……저, 요스코."

구마이가 낮은 목소리로 말했다. "그게 무슨 말이야?"

나가에는 고개를 들어 나를 쳐다보았다. 당황스러웠다. 너무나 미안한 표정이었기 때문이다.

"후유키 씨의 얘기를 듣고 걸리는 게 있었어. 너희는 모르겠어?"

나는 말없이 고개를 저었다. 구마이도 마찬가지였다. 대신에 겐타가 입을 열었다.

"걸리는 게 뭔가요?"

나가에는 곧바로 대답하지 않고 잔을 기울여 브랜디를 입에 머금었다.

"이야기 자체에 걱정할 만한 것은 없었어요. 이상한 것은 동생의 생각이었어요."

"제 동생이요?"

"동생 분은 매우 명석한 두뇌를 가졌어요. 그의 부은 입술만보고 그 경위를 논리적으로 생각해 냈잖아요. 몇 개의 가설을세워 검증하고 잘못 생각한 것들은 제외해서 사실에 가까이갔어요. 정말 대단해요. 하지만 결론이 너무 성급했어요. 키스라는 가설을 검토해 보기로 한 것까진 괜찮았어요. 하지만 어째서 도중에 멈췄을까요? 연인에 관한 일이어서 감정적으로판단했다는 생각이 드네요."

"그럼 키스설은 틀린 거야?"

내가 묻자 나가에는 가차 없이 고개를 내저었다.

"틀렸다고 할 순 없지만 마코 씨는 사실에 도달하지 못했어."

무슨 말인가. 1차 회식에서 술에 취해 여사원과 키스를 했다는 그녀의 가설은 그럴싸하다고 생각한다. 그 여부는 증명할 수 없어도 헤어질 정도는 아니다. 나가에의 의도를 알 수 없어서 나는 팬케이크나 먹자, 하고 한입 덥석 물었다. 바삭한 표면에서 버터가 배어 나왔다.

"아, 그거야."

나가에가 갑작스럽게 말해서 나는 어리둥절했다.

"뭐? 이거?"

나가에는 고개를 끄덕였다.

"응. 지금 네가 먹은 팬케이크. 브랜디에 어울리게 버터를 잔뜩 발랐지. 지금 네 입술에 버터가 묻어 있어."

나는 혀로 입술을 핥았다. 버터 맛이 났다. 그래서 어쨌단 말인가. 주변에서 반응이 없자 나가에는 실망한 얼굴을 했다.

"동생 말대로 생새우가 입술에 묻은 사람과 키스를 해서 입술이 부었다면, '생새우가 묻은 입술'이란 어떤 상태지? 지금 네 입술 같은 거라고. 생새우를 '먹은 직후'의 입술."

"아……."

나는 손끝으로 입술을 만졌다. 나가에가 하고 싶은 말이 무엇인지 알 것 같았다.

"키스설이 맞으려면 1차 회식 자리에서 생새우를 막 먹은 여직원이 많은 사람들 앞에서 노자와 씨와 키스 했어야 돼. 그럴 수 있었을까? 영업부 회식이 아무리 격하다 해도 난잡한 파티는 아니잖아. 아무리 취했대도 얼마 후에 결혼할 남자가 회식 자리에서 키스를 했겠어? 상식에서 너무 동떨어진 가설이야. 키스하려고 했어도 주변에서 말렸을 거야."

"……."

"아니면 1차 회식이 끝나고 사람들 없는 곳에서 키스를 했다? 그것도 이상해. 그쯤엔 생새우가 묻어 있지 않았겠지. 다른 것도 먹고 마시면서 자연스럽게 입술이 닦였을 거야. 아무튼 불가항력으로 입술에 생새우가 묻었다는 생각은 무리가 있어."

"불가항력이라는 생각에는 무리가 있다……."

구마이가 가만히 얘기했다.

"너는 이런 말을 하고 싶은 거야? 누군가 명확한 의도를 가지고 한 행동이라고."

가슴이 덜컥 내려앉았다. 가려운 정도라고는 하지만 그는 피해를 입었다. 그가 알레르기 체질이라는 것을 이용했다. 확실한 의도가 있었다면 그것이 바로 '악의'가 아니고 무엇이겠는가.

"그 사람은 무엇을 위해서 그런 일을 벌였을까?"

나가에는 다시 설명을 이어갔다.

"노자와 씨에 대한 분노와 원망 같은 것이라고 말할 수 있겠지만. 조금 시점을 바꿔서 생각해 보자. 그 사람은 어째서 입술을 부어오르게 했을까. 그렇게 해서 얻을 수 있는 게 무엇이었을까."

"잘 모르겠는데."

구마이는 불만 가득한 표정을 애써 감추려고 하지 않았다.

"음식 알레르기로 입술이 부으면 가렵지. 꽤나 불쾌한 느낌이야. 그 자체가 목적이었다고 보는 게 자연스럽지 않아?"

구마이가 불퉁거리며 대답하자 나가에는 끄덕이며 말했다.

"평소 같으면 정답이라고 생각했을 거야. 하지만 이번엔 달리 생각할 필요가 있어. 노자와 씨는 자신이 곧 결혼할 것이고, 다음 날 결혼식장을 예약할 계획이라고 회식 자리에서 말했어. 그래서 나는 이런 생각을 해 봤지."

나가에는 탁자를 에워싸고 앉은 우리들을 차례로 보았다.

"아마도 어떤 여자가 노자와 씨의 입술을 붓게 해서 예비 신부와 키스를 못 하게 한 것 같아."

"뭐?"

너무 놀란 나머지 목소리가 커졌다. 나가에의 말은 정말 의외였다.

"왜 키스를 못 하게 하고 싶었을까? 나는 단순하게 생각했어. 그 여자가 노자와 씨의 결혼을 반기지 않았기 때문이야. 왜 반기지 않았을까? 자신을 버리고 결혼하기 때문이지."

정적이 방 안을 훑고 지나갔다. 나가에는 입술을 핥았다. 마치 입술에 묻은 것을 닦아 내고 싶은 듯이.

"그는 회사에 들어가 선배 여직원과 사귀었어. 같은 학년의 친구 같은 여자와 사귀어 온 그는 성숙한 매력을 가진 여성을 만나고 갈등했지. 여자친구와 헤어질 생각은 없었지만 그만 유혹에 넘어가고 말았어. 여자 선배도 젊은 신입 사원을 맘에 두고 있었는지 몰라. 그렇게 두 사람은 몰래 사귄 거야."

사회에 나오면 학생 시절에 사귄 상대와는 헤어지게 된다는 전형적인 유형이다. 두 사람에게도 그런 일이 일어난 것일까.

나가에는 말을 계속했다.

"그렇지만 그는 지금까지 사귄 여자친구와 헤어질 수 없었어. 취직한 지 1년도 되지 않아서 새로운 애인이 생겼으니 결혼은 없던 일로 하자는 말을 할 수가 없었지. 연상의 여인에 대한 마음도 아마 진심이 아니었을 거야. 눈앞에 핀 꽃에 혼란스러웠을 뿐, 애정은 여자친구에게 있었겠지. 그래서 그녀와 결혼하려고 했는데 여자 선배가 그만 두지 못한 거야. 물론 전부터 정리하자는 얘기가 오갔을 것이고 연상의 그녀는 자존심 때문에 일단 그러자고 했을 거야. 하지만 완전히 받아들일 수는 없었지. 그런 와중에 노자와 씨가 회식 자리에서 결혼 이야기를 꺼내서 신경을 긁은 거야. 그는 이미 끝난 사이니까 아무 문제가 없다고 생각했겠지. 상대가 연상이어서 그동안 응석을 부려 왔을지도 몰라. 사회에 나온 지 1년밖에 되지 않은 젊은이니 그런 배려심이 없다 해도 어쩔 수 없는 일이지."

우리는 굳은 표정으로 나가에의 설명을 듣고 있었다. 말을 하는 나가에 얼굴도 편해 보이진 않았다. 나가에는 쓰디 쓴 것을 입에 물고 있는 얼굴로 말을 이어갔다.

"하지만 그건 그녀를 화나게 만들기에 충분했어. 그녀의 눈앞에는 알레르기를 일으키는 생새우가 있었고. 몸에 대기만 해도 간지러워하지만, 죽을 만큼은 아니지. 그래서 그걸 이용한 거야. 하지만 아무리 술에 취해도 강한 거부 반응을 보일 테지. 그녀는 생새우를 티슈에 돌돌 말아서 숨기고 기회를 엿봤어. 하지만 1차 회식 자리에서는 기회가 없었어. 기회가 온 것은 그 후야. 그는 1차 회식만 끝내고 집으로 돌아가겠다고 했어. 이미 충분히 취해 있었고. 여자 선배는 사람들이 눈치 채지 못하게 노자와를 끌고 아파트로 갔지. 바로 전까지 사귄 사이였기 때문에 술에 취한 그는 그녀에 대한 위화감이 없었어. 옷을 벗어 던지고 이불 속으로 들어가 금방 잠이 들었지. 그녀에게 겨우 기회가 생긴 거야. 아까 기숙사에서 먼저 잠든 친구의 얼굴에 낙서한 얘기처럼 그녀는 그가 잠든 것을 확인하고 가지고 온 생새우를 입술에 묻혔어. 자신의 입술에 바르고 키스해서 묻혔는지, 그의 입술에 바로 묻혔는지는 모르겠어."

나는 겨우 사건의 전말을 이해했다. 아까 나가에는 키스설이 틀린 것만은 아니라고 했다. 키스가 원인일 수도 있었기 때문이다.

"그의 입술은 금세 부어올랐겠지. 물론 피부병이 아니니 닿아서 안 될 건 없지만 분위기상 키스하고 싶은 마음이 들진 않을 거야. 그녀는 그것으로 족했어. 두 사람의 관계를 망쳐 버리고 싶은 생각은 없었으니까. 무신경하게 상처 준 그를 조금 골탕 먹이고 싶은 정도였달까. 그녀는 아수라장이 되지 않도록 여자친구가 오기 전에 돌아갔어. 예상외로 그의 결혼 상대는 머리가 좋아서 키스로 생새우가 입술에 묻었을 가능성까지 짐작했지. 그녀의 행동은 결혼 연기라는 생각지도 못한 결과를 얻어 냈어."

나가에는 브랜디 병을 들고 조심스럽게 잔에 따랐다. 그리고는 천천히 입에 머금었다. 입 안을 맴돌던 술을 넘기고 한숨을 쉬었다.

"미안해요. 별것 아닌 근거로 가족이 될 사람에게 실례되는 말을 해서."

나가에는 나와 겐타를 향해 머리를 숙였다. 우리 둘은 아무 말도 하지 않았다. 나가에 이야기를 믿을 수 없었다. 믿고 싶지 않았다. 하지만 반박할 수도 없었다. 기억이 없는데 부어 있는 입술. 키스한 게 아니냐고 궁지에 모는데도 부정하지 못한 그. 나가에는 그것들을 충분히 설명해 줬다.

나가에는 부어오른 입술에서 그의 숨겨진 비밀까지 밝혀냈다. 왜 좀 더 상황을 지켜보라고 말했는지 이해되었다. 키스설이 틀렸다고는 할 수 없어도 진실은 아니라는 말도. 마코는 그의 부은 입술을 보고 술에 취해 다른 여자와 키스한 거 아니냐고 화를 냈다. 하지만 진실은 더 심각한 것이었다. 그는 마코를 배신했다. 그러나 감정적이 된 마코는 미처 거기까지 간파하지 못했다. 그래서 그를 용서하고 결혼하려는 것이다.

그녀의 선택은 과연 옳은 것일까. 두 사람은 아직 젊으니까 조금 더 상황을 지켜보고 그의 마음이 진짜라는 확신이 들 때 결혼해도 늦지 않을 텐데……. 나가에는 그렇게 말하고 싶은 거였다.

겐타의 얼굴을 흘낏 보았다. 그는 화가 나지는 않았지만 심각한 표정이었다. 지금 들은 이야기를 마코에게 해도 좋을지 생각하는 듯했다.

"하지만 그렇게 걱정하지 않으셔도 될 겁니다."

나가에는 말투를 다소 바꿔서 말했다.

"마코 씨는 현명한 분입니다. 냉정을 찾은 후에 사실을 알아냈을 거예요. 그래도 헤어지지 않았다는 것은 두 사람이 제대로 얘기를 나눠서 어떤 결론을 내린 겁니다. 그럼 걱정할 일이 없죠. 동생 분은 반드시 행복하게 살 겁니다."

"맞아."

구마이가 맞장구를 치며 벌떡 일어나 부엌으로 갔다. 그리고 소박한 문양의 병을 들고 돌아왔다. 좀처럼 손에 넣기 어려운 명품 브랜디 폴 지로. 구마이는 뜯지도 않은 브랜디를 건네주었다.

"마코 씨와 노자와 씨가 결혼하면 주세요."

퉁명스런 말투였지만 자상함이 넘쳤다.

"두 분처럼 동생 커플도 행복하길 바라는 마음입니다."

연기는 언제나
미인에게 간다

모든 일에는 무언가 구분이 되는 시점이 있게 마련이다.

마지막이라는 의미가 아니라 '아, 이제 때가 되었구나.' 하고 감회에 잠기는 시점. 나가에 다카아키와 구마이 나기사에게는 내가 결혼 상대를 데리고 갔을 때가 그런 순간이었을 것이다. 그리고 나에게는 바로 오늘이 그 시점이다. 오랫동안 우리들의 모임 장소였던 원룸을 나가에가 팔아 버렸기 때문이다.

"자신 없어."

나의 남편, 후유키 겐타가 심각한 얼굴로 말했다.

"지금까지 술은 구마이 씨가, 음식은 나가에 씨가 담당했잖아. 그 사람들을 당해 낼 재간이 없다고."

"무슨 그런 생각을 해?"

나는 가볍게 손을 저었다.

"당신은 술에 해박하고 음식도 잘 하잖아."

"그건 당신보다야 나은 정도지."

"이런 이런, 말이 심하네."

요리를 못 한다는 말에 나는 뾰로통해졌다.

우리 부부는 내가 대학생 시절부터 친구로 지내 온 나가에의 집으로 가고 있다. 나와 나가에, 그리고 구마이는 학교 다닐 때부터 같이 술을 마셨다. 내가 결혼하고 나서는 남편 겐타가 합류해서 우리 모임은 이제 네 명이 되었다.

"구마이는 당신이 술에 대해 잘 안다는 점에 혹해서 우리 결혼을 축하해 준 거라구."

"기대에 부응할 자신이 없는데."

겐타는 거듭해서 말했다. 그의 어깨에는 아이스박스가 얹어져 있었다. 오늘은 나가에 이사도 축하할 겸, 우리 부부가 술과 안주를 준비해 가기로 했다. 말하자면 겐타 혼자서 준비한 것이었다. 게다가 어깨에 지고 오게까지 해서 미안했지만 평소에 빨래와 다림질은 내가 하고 있으니 공평한 가사 분배였다.

계단을 올라가 나가에 집 앞에 섰다. 벨을 누르자 구마이가 나왔다.

"어서 오세요." 구마이는 빙그레 웃었다. "원래도 깨끗한 집이지만 뭐, 어서 들어오셔."

나가에의 집은 언제나 깔끔하게 정리되어 있다. 새삼스레 그런 말을 할 필요가 있을까 생각했는데, 안으로 들어가자 비로소 구마이 말의 의미를 알 것 같았다.

"뭐야, 아무것도 없잖아."

원래도 가구가 별로 없었지만, 오늘은 말 그대로 텅 빈 상태였다. 벌써 이사를 마친 건가. 거실 바닥에는 여행용 가방 두 개와 방석 네 개만 놓여 있었다. 나가에가 앉은 채 인사했다.

"어서 와."

우리들을 보고 환하게 웃었다. 평소보다 편안한 표정이었다. 다소 피곤해 보이기는 했지만.

"이사 갈 곳으로 짐을 미리 갖다 놨어. 그리고 다시 와서 이제 막 청소를 끝낸 참이야."

"맞아." 구마이가 등 뒤에서 말을 이었다. "이런 좁은 방에 짐이 얼마나 될까 싶었는데 싸다 보니 꽤 되더라고. 그것도 일이라고 지치네. 땀투성이에 먼지를 뒤집어써서 너희가 오기 전에 샤워했어."

그러고 보니 이사를 도와 준 사람치고는 깔끔한 느낌이었다. 얼굴도, 요즘 들어 기르기 시작한 머리칼도 윤기가 반지르르했다. 땀을 흘리고 나서 샤워도 하고 술도 한잔해서일까.

겐타가 가지고 온 신문지를 깔고 그 위에 아이스박스를 내려놓았다.

"어쨌든 '이사 축하드립니다.'라고 해야 맞는 거겠죠?"

그는 나가에가 권한 방석에 앉았다. 그리고는 아이스박스 뚜껑을 열었다. 안에서 꺼낸 것은 초록색 병이었다. 빨간 라벨이 붙어 있었다. 그것을 보고 구마이가 눈을 번뜩였다.

"오오, 파이퍼군요."

구마이는 술에 관해선 틀림없는 인간이다. 겐타의 선택을 좋게 평가해 주는 것 같아 안심이 되었다.

"좋은 술이야?"

술은 좋아해도 아는 것은 없는 내가 물었다. 구마이는 고개를 위아래로 세차게 끄덕였다.

"파이퍼 하이직은 칸 영화제 공식 샴페인으로 유명하지. 화려한 이미지여서 어떤 의미로는 가장 샴페인다운 술이라고 할 수 있어. 역시 후유키 씨는 탁월하셔."

너무 진지하게 칭찬을 해 주는 모습을 보고 나는 무심코 웃어 버렸다. 술에 관해서는 역시 솔직한 친구다.

"오늘 밤에 어울릴 것 같아서요."

겐타는 와인 잔을 네 개 꺼냈다. 다 같은 모양이 아니라 두 개씩 세트였다. 각자의 친구에게서 결혼 축하 선물로 받은 것이었다. 고급이어서 평소에는 잘 꺼내지 않지만 오늘 밤은 잔을 써 볼 좋은 기회였다.

"안주는 흔한 거예요."

뒤이어 겐타가 훈제 연어를 꺼냈다. 오, 하고 나가에가 탄성을 질렀다.

"죄송하지만 제가 훈제한 게 아니라 사 온 겁니다."

겐타는 포장을 뜯어 챙겨 온 접시에 올려놓았다. 이삿짐에 그릇을 쌌을지도 모른다고 집에서 여러 가지를 챙겨 온 것은 정말 잘한 일이었다. 역시 내 남편 눈치 빠른 것은 나가에에게 뒤지지 않는다.

네 명이 빙 둘러앉은 한가운데 샴페인과 훈제 연어를 나란히 놓았다.

"그럼, 시작할까요?"

겐타가 마개를 고정시킨 와이어를 풀었다.

"여기까지 오느라 흔들려서 아마 뿜어져 나올 겁니다."

"괜찮아요. 얘가 재빨리 잔으로 받을 테니까요."

구마이가 책임질 수 없는 말을 내뱉었다. 하지만 나는 이미 와인 잔을 손에 들고 있었다.

겐타가 수건으로 마개를 감싸 쥐고 천천히 돌렸다. 드디어 펑 하는 소리가 나더니 마개가 열렸다.

"나쓰미, 잔."

"여기."

잔을 병 입구에 대고 뿜어져 나오는 샴페인을 받았다. 조금 흘렸지만 상당량을 거두어들였다. 술을 가득 채운 잔을 모두에게 건넸다.

"건배."

"지금까지 파티장이 되어 준 이 방에 고마운 마음을 담아서."

함께 건배를 외치고 술을 마셨다. 샴페인은 발포성 와인이지만 탄산음료와는 달랐다. 기포가 식도를 통해 넘어가는 것이 느껴질 정도였다. 이어서 훈제 연어를 먹었다. 생선 비린내가 아닌 훈제 향이 입 안에 퍼지고 그 뒤로 기름진 연어의 농후한 맛이 이어졌다. 다시 샴페인을 마셨다. 거품이 연어 기름을 씻어 주자 연어 한 점을 또 먹고 싶어졌다.

"음, 좋네요."

나가에가 감탄해서 목소리를 높였다. "샴페인은 두 사람의 결혼식 이후로 처음 마시는데, 역시 맛있네요."

"샴페인은 맥주와는 다른 안주여야 하는데."

구마이가 말을 받았다. "훈제 연어는 탁월한 선택이네요."

"제가 직접 만든 거라면 더 좋았을 텐데요."

겐타는 살짝 웃으며 말했다.

"좀처럼 만들 시간이 나지 않아서요."

"훈제는 생각보다 재밌습니다."

요리에 관한 이야기에 나가에가 끼어들었다.

"아버지가 캠핑 음식을 좋아하셔서 훈제 요리를 할 때 자주 옆에서 도왔어요. 음식을 오래 보관하기 위한 게 아니라 재료에 연기 향을 입혀서 먹는 정도였지만요. 요즘엔 훈제 재료 세트가 나와서 제대로 해 볼 수 있어요."

"아, 그거 재밌겠다." 나는 옆에 앉은 겐타를 쳐다보았다. "다음에 한번 해 보자."

"괜찮겠네." 겐타는 고개를 끄덕이며 말했다.

"하지만 훈제 연어는 냉훈된 것이어서 간단하게 만들 수가 없어."

나는 고개를 갸웃했다. "냉훈?"

"열을 가하지 않고 장시간 연기만 쐬어서 훈제하는 방법이야. 나름대로 기술이 필요해서 초보자는 힘들지. 우리 수준에는 불에 구우면서 연기를 입히는 열훈이나 비교적 낮은 온도에서 재료의 수분을 날리며 연기를 피우는 온훈이 나아. 그렇게 하면 나름대로 훈제 요리 같지."

나가에가 정성껏 설명해 주었다. 나는 훈제 연어의 향을 살짝 맡고 입에 넣었다.

"확실히 훈제 연어는 향이 짙지 않네. 만드는 법에 따라 다르구나."

향이 약한 훈제 연어를 먹으면서 강한 향을 느껴 보려 했지만 역시 엉뚱한 짓이었다. 대신에 훈제라는 단어에서 아주 옛날 일이 떠올랐다.

"그러고 보니 인간 훈제가 되었던 적이 있어."

내 말이 뜬금없었는지 세 사람이 어리둥절해했다. 아무리 머리 회전이 빠른 나가에와 구마이라도 도대체 무슨 얘기인지 감을 잡지 못하는 듯했다. 나는 다시 말했다.

"생각 안 나? 같이 캠핑 갔을 때 말이야. 우리 셋하고 히야마, 마치코랑."

구마이는 머릿속에 '편집' 메뉴를 선택해 '검색'을 실행 중인 것 같았다. 시간이 걸리긴 했지만 막대한 양의 지식과 기억 속에서 내가 얘기한 이름들을 찾아 낸 모양이었다.

"아아, 대학교 2학년 가을이었어."

"히야마 하야토와 오카노 마치코였지."

나가에도 기억이 난 듯했다. 안타깝게도 나는 두 사람의 성
과 이름을 다 기억하지는 못했다. 마치코의 성이 오카노라는
건 생각이 났지만, 히야마가 하야토라는 이름인 줄은 몰랐다.
다시 말해 그 정도로 가까운 사이는 아니었다는 의미다.

구마이는 옛날을 회상하며 말했다.

"그래, 그런 적이 있었어. 모닥불을 피웠지."

"맞아, 그거야."

"무슨 얘기야?"

당시에는 아는 사이가 아니었던 겐타가 무슨 얘기인지 매
우 궁금한 모양이었다. 나는 겐타가 모르는 얘기를 화제로 삼
아 조금은 미안한 생각이 들었다.

"원래 우리는 셋이서 술을 마셨지만, 처음에는 두 사람이 더
있었어. 그게 지금 말한 히야마와 마치코야. 히야마는 평범한
편이었지만, 마치코는 굉장히 예뻤지."

겐타가 한번 만나게 해 달라고 말했다. 나는 그의 가슴을 가
볍게 꼬집었다.

"마치코는 사교적인 여자였어. 여기저기에 친구를 잘 만드
는 성격이었지. 나는 마치코와 같은 수업을 듣다가 알게 되었
고, 애네 둘도 사실 그녀가 소개해 준 거야. 히야마도 그렇고."

"그런데 어느샌가 마치코와 히야마가 멀어지고 세 사람만 남았다는 얘기인가. 셋을 이어 준 장본인이 제일 먼저 빠졌네."

젠타는 그런 경우가 많다고 덧붙였다.

나는 혀 위에서 녹는 훈제 연어를 즐기며 이야기를 해 나갔다.

"마치코는 붙임성이 있다기보다 다양한 스타일의 친구를 모으는 취미가 있었어."

젠타는 고개를 갸웃했다.

"취미라고?"

나는 잔을 비우고 젠타와 내 잔에 샴페인을 따랐다.

"걔가 누군가를 소개해 줄 때는 반드시 소개 문구가 붙었지. '악마 같은 두뇌를 가진 나가에'라든가, '야생 조류에 해박한 지식을 가진 히야마'같이. 구마이는 '잡학 박사 구마이'였던가."

"너를 소개할 땐 '술 한됫병을 단숨에 들이키는 나쓰미'였던 것 같은데."

구마이는 쓸데없는 걸 다 기억하고 있었다.

"아무튼 그 사람의 뛰어난 부분을 소개 문구에 담은 걸 보면 마치코는 재주를 가진 사람을 골라서 친구로 삼았다고 할 수 있어. 그래서 '친구를 모으는 취미'라는 거야."

"음." 젠타는 조용히 호응하며 샴페인을 마셨다.

"그 마치코를 고른 건 히야마였어."

구마이가 말했다.

"네?" 겐타는 의아한 표정을 지었지만 바로 이해했다.

"아, 마치코 씨와 히야마 씨가 사귀었군요."

"그래요." 구마이가 고개를 끄덕였다.

"두 사람이 사귀기 시작하면서 우리들과 멀어졌죠."

구마이가 나를 쳐다보면서 말했다.

"그런데 그 둘은 어떻게 됐을까?"

나는 기억을 되짚어보았다.

"기억나진 않지만 결국 결혼하지 않았어? 동창회에서 누구
한테 그런 말을 들은 것 같아."

"축하할 일이군."

"그래?"

구마이가 남을 축하해 주다니 웬일일까.

내 생각이 드러났는지 구마이가 "무슨 반응이 그래?"라고
부루퉁하게 말했다.

"아무튼 두 사람이 사귀게 된 계기가 그 캠핑이었으니 우리
는 말하자면 중매쟁이야. 그러니 즐거운 결말이길 바란 거지."

"그렇긴 하네."

"계기라고 할 만한 사건이 있었어?"

겐타의 질문에 나는 가볍게 고개를 저었다.

"사건이랄 건 없었어. 그때 두 사람이 찰싹 붙어 있었던 것도 아니고. 나중에 생각해 보니 '아, 그러고 보니.'라는 거지."

"그 말은 '그러고 보니'라고 말할 수 있는 뭔가는 있었다는 거네."

"그래." 이번에는 고개를 끄덕였다. "그게 인간 훈제야."

젠타는 샴페인을 마셨다.

"캠핑 가서 모닥불을 피웠는데 연기가 너무 많이 나서 그을렸단 얘기인가?"

"비슷해."

"참 그리운 추억이네." 나가에가 먼 곳을 바라보는 것 같았다. "그런 일도 있었지."

"지금 그런 일도 있었다고 간단히 말하는데⋯⋯."

구마이가 비난의 눈초리로 나가에를 보았다.

"발단은 너였잖아."

"그랬었나."

"그랬어." 구마이가 입술을 삐죽거렸다. "네가 젖은 나뭇가지를 주워 와서 그렇게 연기가 났던 거라고."

듣고 보니 나도 그때 광경이 눈앞에 펼쳐지는 것 같았다.

"맞다. 해질 무렵에 모닥불을 피워야 하니 장작을 구해 오자고 했어. 그때 네가 숲 속에서 굵은 나뭇가지를 끌고 왔지. 모두 환호했지만 막상 불붙여 보니 연기가 엄청나게 났어."

"즐거웠으면 됐잖아."

다른 사람 얘기하듯 웃으며 나가에가 말했다. 구마이는 언짢아하다가 못내 웃었다.

"그 일로 분위기가 살아난 건 사실이지만, 그래서 히야마가 남자 체면을 차린 것도 사실이지."

"남자 체면?"

겐타가 물었다. 요즘 젊은 사람들은 잘 사용하지 않는 단어였다. 구마이가 고개를 끄덕였다.

"그랬어요. 저녁이 되어서 모닥불을 피웠죠. 불붙이는 건 어려운 일이지만 요스코가 능숙했어요. 잔가지에 불이 붙어 멋진 모닥불이 완성되려는 순간, 요스코가 굵은 가지가 필요하다며 숲 속에서 끌고 온 나무를 집어넣었죠. 그랬더니 갑자기 허연 연기가 나기 시작했어요. 그런데 다들 도망가거나 큰일이라고 소리 지르지 않았어요. 낮부터 술을 마셔서 그런지 모두 신났어요. 바람에 따라서 연기 방향이 바뀌면 그쪽으로 왁 달려들기도 하고. 마치 수건돌리기를 하는 것처럼 모닥불 주위를 빙글빙글 돌면서 연기를 쫓아다녔어요. 그 매캐한 냄새가 통쾌해서 모두 꺅꺅 소리를 지르며 까불어댔죠. 아까 요스코가 즐거웠으면 됐다고 말한 게 그거예요."

구마이가 일단 이야기를 멈추고 숨을 내쉬었다. 너무 말을 많이 해서 목이 마른지 샴페인을 꿀꺽꿀꺽 마셨다. 눈을 살며시 감고 기포가 목구멍으로 넘어가는 느낌을 즐기다가 다시 이야기를 이어갔다.

"하지만 술을 마시며 빙글빙글 돌았기 때문에 금세 지친 우리는 적당한 곳에 자리를 잡고 앉았어요. 연기가 나도 눈을 껌뻑거리면서 그냥 마셨죠. 그때 마치코가 '내 쪽으로만 연기가 오는 것 같아.'라고 말했어요. 정말 그녀에게만 연기가 갔는지는 모르겠지만 연기가 눈에 들어가 새빨갰던 게 기억나요. 그랬더니 옆에 앉은 히야마가, 모닥불 연기는 언제나 미인에게 간다는 말이 있다면서 불을 붙일 때 쓰던 부채를 열심히 부쳐 그녀에게 연기가 가지 않게 했죠. 물론 앉아 있는 내내 부채질한 건 아니지만 정말 헌신적이었어요."

"흐뭇한 광경이군요."

겐타가 악의 없는 말투로 덧붙였다.

"그러고 보니 그런 말이 있긴 합니다. 저도 들은 기억이 납니다."

"내 쪽으로도 연기가 오더라고. 확실히." 내가 끼어들었다.

"근데 나한테는 부채질 안 해 줬어."

"그렇긴 하지." 구마이가 손을 마구 내저었다.

"그때 너는 '연기 따위 배터지도록 마셔 버리자.' 소리 지르며 사케를 벌컥벌컥 마셔댔지. 네 기에 눌려 연기가 못 올 거라고."

겐타가 휘파람을 휘익 하고 불었다.

"정말 당신다운 얘기다."

"젊었을 때의 치기지."

나는 당당하게 말했다. 그리고 과거 일을 꺼내서 창피함을 안겨 준 구마이를 째려보았다.

"넌 몸 냄새를 맡으면서 나가에한테 '이걸 안주 삼아 마셔 볼까?' 하고 귀찮게 굴었잖아."

"참나." 구마이가 머쓱해했다.

"내가 그런 말을 했나."

"했잖아, 했어."

나는 구마이를 몰아세웠다.

"모닥불 연기로 훈제도 할 수 있겠다고 말했잖아. 그 얘기가 인상적이어서 인간 훈제라는 말도 나온 거고."

"취해서 그랬겠지."

구마이는 얼굴을 있는 대로 찡그렸다.

"하지만 요스코는 자기 때문에 연기가 그렇게 났는데도 '훈제는 부패를 방지하기 위해 고안된 조리법이니까 우리 피부는 부패하지 않는 젊음을 갖게 된 거야.'라고 만사태평하게 말씀하셨지. 그래서 내가 아름다운 피부보다 술이 낫다는 의미로 그렇게 말한 거야. 그러고 나서 요스코는 뒤로 나자빠져 아무 말도 못 했으니 내가 이긴 셈이지."

정말 나가에와 구마이다운 일화였다. 마치코가 소개 문구를 붙일 필요도 없이 나가에의 두뇌는 당시에도 뛰어났다. 나가에는 순한 성격이었지만 사람들이 그에게 이의를 제기하는 일은 별로 없었다. 나를 포함한 주변 사람들이 나가에의 명석함을 두려워했던 것이다. 그렇지 않은 유일한 사람이 구마이였다. 구마이는 도전 정신을 발휘해 나가에에게 늘 이런저런 불만을 토로했다. 나는 두 사람의 만담 같은 대화를 곱씹다가 웃음이 터져 버렸다.

구마이가 샴페인을 마신 뒤, 화제를 원래대로 돌렸다.

"나중에 생각해 보니 히야마는 전부터 마치코를 좋아했던 것 같아요. 히야마가 가입한 탐조 동아리는 캠프를 하면서 야생 조류를 관찰하는 곳이었어요. 그래서 그는 캠핑이 익숙했고, 야외에서 필요한 기술도 갖고 있었기 때문에 남자로서 높은 점수를 얻었어요. 아마 마치코 앞에서 멋있어 보이고 싶었을 거예요."

"그랬겠죠."

"히야마는 캠핑을 제안하고, 동아리에서 캠핑 도구 일체를 빌려 왔어요. 실제로 텐트를 능숙하게 잘 쳐서 마치코가 크게 감탄했죠. 그런 그가 부채로 연기를 날려 주니 마치코는 속으로 참 믿음직한 남자라고 생각했던 것 같아요. 그 후에 마치코는 탐조 동아리에 가입했어요. 그리고는 동아리 친구들과 어울리는 일이 많아져서 우리와는 자연스럽게 멀어지게 됐어요."

겐타가 고개를 끄덕였다. "정말 젊은 시절의 한 페이지네요."

아주 오래 전의 페이지였다. 나가에의 이사를 계기로 우리는 감회에 젖어 즐거웠던 학창 시절을 추억했다.

겐타는 파이퍼 병을 들어 구마이의 빈 잔에 술을 따라 주었다. 얼마 남아 있지 않았는지 병에서 술이 방울방울 떨어졌다. 겐타는 빈 병을 옆에 놓고 아이스박스에서 두 번째 술병을 꺼냈다.

"나쓰미, 묻고 싶은 게 있는데."

겐타가 와이어를 풀며 말했다.

"뭔데?"

"옛 친구라는 마치코 씨 말이야. 그녀는 재주를 가진 사람을 친구로 삼아서 소개 문구를 붙인다고 했잖아."

내가 "응."하고 대답하자 마개가 열렸다. 겐타는 잔을 병 주둥이에 대고 뿜어져 나오는 거품을 받았다. 병에서 더 이상 거품이 나오지 않는 것을 확인하고 구마이의 잔에 샴페인을 따랐다. 구마이가 손을 모아 감사의 표시를 했다.

겐타는 나를 쳐다보았다.

"그럼 그녀는 어떤 소개 문구였지?"

"미인."

나는 바로 대답했지만 겐타가 다시 물었다.

"그 외에는?"

"그 외? 음……."

기억을 떠올려 보려고 하다가 이내 고개를 저었다.

"생각이 안 나. 그보다도 본인이 그것밖에 없다고 했던 것 같아. 그래, 맞아. '나는 특이한 장점이 없어.'라고 말했어. 그래서 내가, 얼굴이 장점이라고 했더니 부정하지 않았어. 부정하기는커녕 '그래, 그것뿐이지.' 하고 강박적으로 말해서 그때부터 우리가 '미인 마치코'라고 불렀지."

"그렇구나."

겐타는 그렇게 말했지만 내 대답에 만족하는 것 같진 않았다. 좀 더 정확히 말하자면, 그렇게 이야기를 마무리 짓고 싶지 않은 눈치였다. 아니나 다를까 겐타가 천장을 바라보다 다시 말했다.

"학창 시절에 다섯 명의 남녀가 캠핑을 갔어. 신나게 놀다가 그 중 두 사람이 사귀게 되었고. 아까 말했지만 젊은 시절의 한 페이지였다고 생각해."

"으응."

나는 다만 수긍할 뿐이었다. 갑자기 이야기를 되짚어 보는 젠타의 의도를 몰라서였다. 그는 계속해서 말을 했다.

"그 캠핑을 계기로 사귀게 된 두 사람은 결혼까지 이르렀어. 생각해 보니 그저 한 페이지가 아니라 아주 특별한 하루였던 것 같아."

나는 고개를 끄덕였다. 젠타는 아내와 아내의 친구들을 부드러운 눈길로 바라보았다.

"모두에게도 특별한 하루였고요."

젠타의 갑작스러운 발언에 나는 어떤 말도 할 수 없어 잠시 가만히 앉아 있었다. 구마이는 미심쩍다는 표정이었다. 나가에는 온화한 얼굴로 샴페인을 마시고 있었다. 젠타는 병을 쥐고 나가에의 잔에 샴페인을 부어 주었다. 그리고 자신의 잔에도 술을 따랐다.

"젠타."

나는 겨우 목소리를 짜냈다. "그게 무슨 말이야?"

"미안, 미안." 젠타는 잔을 바닥에 내려놓았다.

"그 두 사람처럼 여기에 있는 모두에게도 그 캠핑이 특별했겠다. 뭐, 그런 얘기야."

"요스코 병." 구마이가 머리카락을 쥐어뜯었다.

"후유키 씨도 알 수 없는 얘기를 하는군요. 요스코 병에 감염된 게 틀림없어요."

"이제 설명할게요."

젠타가 미소를 지었다가 다시 원래 표정으로 돌아왔다.

"그 전에 확인해 두고 싶은 게 있는데……. 나가에 씨."

젠타는 나가에를 쳐다보았다. 나가에도 마주보았다.

"뭐지요?"

젠타는 혀로 입술을 쓸었다.

"젖은 나뭇가지로 불을 피워서 연기가 많이 났잖아요. 일부러 그런 거죠?"

"뭐라고?"

가구도 없는 방에 나와 구마이의 목소리가 울려 퍼졌다. 생각지도 않은 커다란 소리에 나는 재빨리 입을 다물었다. 젠타와 나가에는 아랑곳하지 않고 그대로 서로 마주보고 있었다.

나가에가 빙그레 웃었다.

"왜 그런 생각을 한 거죠?"

젠타도 따라 웃었지만 왠지 꿍꿍이가 있어 보였다.

"나가에 씨는 캠핑 요리를 좋아하시는 아버지를 어려서부터 도왔다고 했죠? 말하자면 야외 활동에 익숙했다는 얘기죠. 모닥불을 피우는 것쯤은 쉽게 할 줄 알아서 실제로 그날 능숙하게 불을 붙였다고 했어요. 그런 나가에 씨라면 젖은 장작에 불을 붙이면 어떻게 될지 잘 알고 있었을 텐데요. 장작을 구하러 다니다가 젖은 나뭇가지를 발견했어도 장작으로 쓸 수 없다고 판단했을 거예요. 그런데도 일부러 끌고 와서 불을 붙였어요. 그걸 뭐라고 설명할 수 있겠어요?"

"아……."

구마이의 입에서 나는 소리였다. 나도 마찬가지였다. 우리는 그 자리에 있었는데도 그걸 전혀 알아차리지 못했다.

"제가 일부러 젖은 나뭇가지를 태워서 연기를 만들었다니."

나가에는 웃음을 멈추지 않았다. "왜 그런 짓을 했을까요?"

겐타는 웃음을 거두었다. "단순한 생각이지만."

나가에는 고개를 끄덕였다. "괜찮습니다. 대부분 단순한 생각에서 정답이 나오니까요."

그럼, 하고 말한 뒤 겐타는 등을 쭉 폈다.

"엄호 사격이죠. 히야마 씨가 그녀에게 접근할 수 있게 연기를 피워 도와 준 거예요."

나가에는 입을 다물고 다음 말을 기다렸다. 즉, 겐타의 말이 틀리지 않았다는 뜻이었다. 겐타는 그것에 용기를 얻어 말을 이어갔다.

"캠핑에 능숙한 나가에 씨는 연기는 미인에게 간다는 농담을 알고 있었겠죠. 그리고 동아리 활동으로 자주 캠핑을 갔던 히야마 씨도 그 말을 잘 알고 있었을 거예요. 그래서 그 농담을 빌어 그녀에게 말을 걸 수 있게 한 거죠. 모닥불에서 연기가 점점 피워 올라 둘러앉은 사람들에게 연기가 갔습니다. 물론 그녀에게도 연기가 갔겠죠. 그는, 연기는 언제나 미인에게 간다면서 부채질을 해 주었어요. 미인이라고 칭찬하니 그녀도 나쁠 건 없었어요. 게다가 자상하게 부채질을 해 주는 모습에 호감을 갖게 되었을 겁니다. 나가에 씨의 도움으로 그의 바람이 이루어진 거죠. 결과적으로 두 사람이 결혼까지 했으니 정말 성공이었죠."

나는 중간에 끼어들 수가 없었다. 일부러 연기를 냈다는 게 놀라웠고, 그 목적이 사랑의 가교 역할이었다는 것도 의외였다. 하지만 구마이는 혼란스러운 것 같았다.

"사실에 가까운 것 같네요. 세심하게 배려하는 요스코의 성격과도 맞고요. 하지만 뭐랄까, 잘 짜여 있지 않다고나 할까. 결과적으로는 잘 되었지만, 준비한 데 비해 효과가 없을 수도 있었잖아요. 요스코라면 좀 더 확실하게 도와 줄 방법을 생각하지 않았을까요?"

구마이는, 그 정도로 나가에가 허술하지 않다고 말하는 것이었다. 확실히 긍정할 만한 의견이었는데도 젠타는 흔들리지 않았다.

"네. 그래서 나가에 씨가 주사위를 던진 거라고 생각했어요. 잘 되면 좋고 안 되면 말고, 그런 정도였다는 겁니다. 다시 말해 '겸사겸사'였다는 말입니다. 나가에 씨의 목표는 다른 데 있었거든요."

젠타의 표정이 복잡했다. 미안한 마음과 흥미진진한 호기심이 뒤섞여 있다고 할까. 하지만 나는 그 표정의 구체적인 의미를 알 수 없었다.

"제 생각에 최종 목표는 두 사람을 맺어 주는 게 아니었어요. 그녀가 자신을 싫어하기를 바란 겁니다."

"뭐라고?"

다시 큰 소리를 내고 말았다. 마치코가 싫어하길 바랐다고?

젠타는 집게손가락을 세워 입술에 댔다. 밤이니까 조용히 하라는 표시였다.

"더 정확히 말하면 그녀가 나가에 씨에게 실망하길 바랐던 겁니다. 구마이 씨는 캠핑을 가서 능숙하게 일처리를 하면 남자로서 체면이 선다고 말했죠. 반대로 말하면, 그렇지 못할 경우에는 점수를 잃게 되는 거예요. 나가에 씨가 목표로 한 것이 그겁니다. 모닥불을 붙이는 일이 얼마나 어려운지 해 보지 않은 사람은 모릅니다. 그래서 나가에 씨가 불을 붙이는 걸 보고도 그녀는 감탄하지 않았어요. 감탄했다 해도 나가에 씨는 그걸 잠재울 정도로 커다란 실패를 해서 그녀를 실망시켰을 겁니다."

"어휴." 구마이가 다시 머리를 쥐어뜯었다.

"잘 모르겠어요. 요스코가 왜 그런 짓을?"

동감이었다. 이야기만으로는 나가에의 행동이 앞뒤가 맞는다. 하지만 그건 이론상 그렇다는 말이다. 왜 그랬는지 나가에가 직접 설명하지 않으면 도저히 납득할 수 없는 상황이었다.

젠타는 다시 복잡한 표정이었다. 도움을 청하는 눈길로 나가에를 쳐다보았다. 하지만 논리가 막히고 답이 궁해졌기 때문은 아닌 것 같았다. 더 말해도 될지 확인하는 눈빛이었다. 나가에는 아무 말 없이 고개를 끄덕였다.

젠타가 구마이를 향해 꾸벅 고개를 숙였다.

"죄송해요. 이해하기 힘들게 얘기한 것 같네요. 저는 한 가지 전제를 깔고 말씀을 드렸어요. 그걸 말하지 않았기 때문에 이해가 잘 안 되신 겁니다."

젠타는 또박또박한 발음으로 천천히 말했다.

"제가 생각한 전제는, 그녀는 나가에 씨에게 호감이 있었다는 겁니다."

구마이는 아무 말도 하지 않았다. 딸꾹질 같은 소리를 낼 뿐
이었다. 많이 놀란 모양이었다.

"저어, 겐타."

내가 당황해서 말을 가로막았다. "왜 그렇게 단계를 뛰어넘
는 거야?"

겐타는 머리를 긁적였다. "역시 그랬나?"

"넘어 버렸어."

"음." 겐타는 곤란한 표정을 지었다. 그리고는 샴페인을 마
셨다.

"그녀의 버릇 때문에 그랬을 가능성이 높다고 생각했거든."

"버릇?"

"소개 문구."

겐타는 짧게 대답했다. 마치코가 친구를 소개하며 그 사람
의 소질이나 능력을 이름 앞에 꼭 붙이던 버릇 말인가. 하지만
그게 어쨌단 거지.

"그녀는 한 가지라도 재주를 가진 사람을 친구로 삼으려는
경향이 있었어. 매력 있는 사람과 친구하고 싶은 마음이야 누
구나 있지. 그래서 그 자체는 문제가 없었지만 내가 마음에 걸
렸던 건 그녀 자신이 미인이라는 것 외에 다른 재주가 없었다

는 점이야. 정확히 말하면 그녀 자신이 그렇게 생각하고 있었다는 거지. 그녀는 얼굴이 장점이라고 했더니 그것뿐이라고 인정했잖아. 그것도 강박적으로. 그녀에게서는 자기 발전의 의지 같은 건 느낄 수 없었어."

"……."

"그런 사람이 우수한 사람을 친구로 삼고 싶어 하는 건 어떤 심리일까. 스스로 더 나아지기보다는 우수한 사람들에 둘러싸여 자신도 그런 사람인 것처럼 대접받고 싶었던 게 아닐까. 불행하게도 그녀는 미모라는 무기를 가지고 있었지. 성별을 불문하고 친구 만들기 쉬운 조건이었어. 가볍게 사귈 친구라면 얼마든지 있었지. 우수한 사람이 늘 주변에 있어서 그녀 자신은 발전할 필요가 없었어."

겐타는 만난 적도 없는 여자를 가차 없이 분석했다. 자신도 그런 느낌이 들었는지 씁쓸한 얼굴로 샴페인을 마셨다. 그런 얼굴로 술을 마시다니, 맛이 없었을 것이다.

하지만 나는 겐타의 말을 이해할 수 있었다. 밝고 사교적인 마치코. 그녀는 자기 자신을 얼굴은 예쁘지만 머리가 텅 빈 사람이라고 생각했다. 그래서 그것을 애써 숨기려고 친구들의 힘을 빌렸다. 그녀를 잘 아는 나는 충분히 납득할 수 있는 이야기였다. 나가에와 구마이도 그렇게 생각하고 있는 것 같았다. 둘 다 반론을 제기하지 않았다.

겐타는 잔을 놓고 다시 이야기했다.

"그런 그녀가 어떤 기준으로 남자친구를 고르겠습니까? 친구들이 모두 우수하니 그 가운데서 두각을 나타내는 사람을 선택하지 않았을까요? 특별히 더 우수한 사람, 그게 누구겠습니까? 봐, 나쓰미 눈앞에 있잖아. '악마 같은 두뇌'를 가진 친구."

"요스코……."

구마이가 중얼거렸다.

나도 오랫동안 알고 지낸 친구를 쳐다보았다. 나가에는 같은 자세로 조용히 샴페인을 마셨지만 다소 몸이 굳어 있었다. 겐타의 생각이 들어맞았다는 뜻이다.

"잠깐만요."

구마이가 큰 목소리로 말하며 양손을 저었다.

"나가에를 좋아했다는 것은 알겠어요. 그런데 어째서 그녀를 받아들이지 않았죠? 남자가 예쁜 여자를 좋아하는 건 당연한데요. 왜 일부러 실패를 해서 마치코를 밀어 냈을까요?"

당연한 질문이었지만 겐타는 천천히 고개를 저었다.

"잘 알고 계실 텐데요?"

"잘 모르겠는데요."

구마이가 아랫입술을 내밀었다. 겐타는 다시 고개를 저었다.

"두 가지 이유입니다. 하나는 나가에 씨가 그녀를 여자로 생각하지 않았기 때문이에요. 나가에 씨의 이상형은 모르지만, 적어도 미모만 갖고서 자기 계발을 하지 않는 여자는 아닐 거라고 생각해요."

나가에가 힘없이 웃었다. 나는 그렇게 대단한 사람이 아니라고 말하고 싶은 기색이었다.

나가에의 반응을 가볍게 흘려 넘기고 겐타는 말을 이어갔다.

"두 번째 이유는, 이게 더 맞을 거라고 생각합니다만…… 이미 좋아하는 사람이 있었기 때문이에요. 물론 그녀는 아니에요. 나쓰미도 아니죠. 연기 따위 마셔 버리자고 말하는 사람이니, 친구로는 최고여도 연인으로는 영 아니었을 겁니다. 나가에 씨가 좋아한 사람은, 자신의 모든 능력을 발휘해서 노력하는 사람, 불평하더라도 곁에 있어 주는 사람, 서로를 발전시키는 사람입니다. 흔치 않게 좋은 머리를 가진 나가에 씨는 그런 사람이 아니면 만족할 수 없었을 거예요. 그러니까……."

겐타는 구마이를 보고 살짝 웃었다.

"당신 같은 사람이죠. 예전부터 좋아하고 있었던 거예요."

정적이 감돌았다. 나는 히죽히죽 웃었고 겐타는 부드러운 눈으로 구마이를 바라보았다. 구마이는 경직되어 있었다. 마음을 들켜 버린 나가에는 아주 약간 쓴웃음을 지었다.

"그 시절 나가에 씨의 두뇌는 지금과 비슷한 수준이었지만 정신적으로는 아직 소년다운 부분이 남아 있었죠."

고요한 방에 겐타의 목소리가 울려 퍼졌다.

"아무리 남자가 예쁜 여자를 좋아한대도, 자신이 좋아하는 사람이 있으면 예쁜 여자에게 빠지지 않아요. 마치코 씨가 자신에게 호감 있는 건 알지만, 이쯤에서 실망을 안겨 줘야겠다고 생각해서 젖은 나뭇가지를 태웠습니다. 다행히 히야마 씨가 그녀를 짝사랑하고 있었죠. 연기를 피우는 것 말고 또 어떤 상황을 연출했는지 모르지만, 그녀는 예상대로 실망했고, 그 마음의 틈으로 히야마 씨가 들어갔어요. 그렇게 나가에 씨는 그녀에게 상처를 주지 않고 자연스럽게 연애 상대를 바꿔 나름의 행복을 찾아갈 수 있도록 해 줬어요."

구마이는 입술을 잘근잘근 깨물며 듣고 있었다. 똑 부러지는 구마이는 연애에 대한 감각은 둔한 편이었다. 그 당시 마치코가 연적일 줄은 상상도 못 했을 것이다. 지금 반응이 그것을 증명하고 있다.

나가에는 그 시절 예쁜 여자가 호감을 표시해도 흔들리지 않으며 상대에게 상처를 주지 않고 구마이에 대한 자신의 마음을 지켜 냈다. 그리고 나의 남편은 하잘것없는 옛날 얘기에서 그것을 간파했다. 이렇게 훌륭한 남자들이 내 옆에 있는 것이다. 행운이라고 해도 좋을까. 하지만.

"겐타." 나는 말했다.

"그날이 마치코만이 아니라 우리에게도 특별한 하루였다고 했잖아? 지금까지로는 '우리'에게 특별하다고 할 정도는 아닌 것 같아. 어째서 그렇다는 거지?"

내가 지적하자 겐타는 당황했다.

"내 입으로 말할 순 없어."

"뭐야, 그런 거야?"

나는 빙긋 웃었다. 얘기를 듣고 있는 동안 겐타가 진짜 말하고 싶은 걸 알아차렸기 때문이다.

이제야 정신이 돌아온 구마이가 말했다.

"그게 대체 무슨 뜻인데?"

아이고 맙소사. 무뚝뚝한 말투나 기 센 성격만 아니라면 남자를 마음대로 고를 수도 있을 텐데. 마치코와는 다르지만 구마이도 사실 미인이라고 할 수 있는데, 아까운 일이다. 뭐, 나가에는 다행스럽겠지만.

"저기 말이야." 내가 입을 열었다.

"겐타가 말한 것처럼, 그 시절 나가에는 예쁜 여자들의 유혹을 뿌리치고 너에 대한 마음을 지켜 왔잖아. 그래서 신이 상을 내려 주신 거라고 생각해."

"뭐야, 신이 내린 상이라니."

구마이가 멋쩍어했다. 나는 장난스럽게 활짝 웃었다.

"알잖아. 마음에 대한 답을 받은 거지."

구마이가 미간을 찌푸렸다.

"나는 고백 같은 건 하지도 않았어."

"했어. 확실히."

"안 했다니까."

아직인가. 자, 그러면 결정타를 날려 줘야겠다.

"잘 생각해 봐. 나가에가 만들어 낸 연기에 싸여 있었을 때 네가 뭐라고 했어? 연기를 둘러쓴 몸 냄새를 킁킁 맡으면서 '이걸 안주 삼아 마셔 볼까?'라고 나가에에게 달라붙었잖아. 그게 듣기에 따라서는 엄청난 뜻일 수도 있다구. 실제로 그때 나가에가 당황해서 뒤로 물러났잖아."

구마이 얼굴이 순식간에 새빨갛게 달아올랐다.

"아냐!" 구마이가 소리 질렀다.

"아니라니까! 그런 의미로 말한 게 아냐. 나를 먹어 달라니. 그 비슷하게도 생각하지 않았다구!"

나는 여유롭게 웃었다.

"뭐야? 그렇게까지는 생각하지 못했는데."

구마이는 아무 말도 못 하고 입만 뻐끔댈 뿐이었다. 나의 완전한 승리였다. 구마이를 상대로 이렇게 이겨 보긴 참으로 오랜만이었다. 샴페인과 훈제 연어에서 시작된 이야기가 구마이의 진심에까지 닿았다. 이제부터는 술이 빠질 수 없었다.

나는 샴페인 병을 들었다. 모두의 잔을 채우고 나자 두 번째 병도 텅 비었다.

"결국 그때 그 감정이 오늘까지 이어진 거잖아. 젠타 말대로 역시 그날은 특별한 하루였어."

나는 잔을 들었다.

"자, 다시 건배를 하자구."

젠타는 눈을 가늘게 떴고 나가에는 엷게 웃었다. 구마이가 멍하니 잔을 들어 올리는 걸 보고 나는 외쳤다.

"나가에, 구마이. 결혼 축하해."

내 발 앞에 놓인 돌을 하나하나 밟아가다

홍미화

후기를 읽지 않고 바로 소설의 본문에 달려드는 내 버릇을 생각하며 역자후기를 어떻게 써야 아직 이 소설을 읽지 않은 독자들의 즐거움을 빼앗지 않으면서 흥미를 유발할 수 있을까 고민했다. 하지만 소설 읽기를 막 마친 독자에게는 그저 읽어주는 것에 감사하고, 아직 첫 장도 읽지 않은 독자 중 연애에 고민하고 있는 이가 있다면 미스터리 구성에 뛰어난 이시모치 아사미의 이야기에 자연히 빠져들지도 모르겠다는 생각에 특별한 꾸밈이 필요 없겠다는 결론을 내렸다.

'R이 들어간 달을 조심하세요'라는 원제만으론 짐작할 수 있는 것이 없었다. 좋은 제목이란 내용까지는 아니더라도 그것이 속한 장르 정도는 대충 파악할 수 있는 것이어야 한다면 이시모치 아사미가 쓴 이 소설의 제목은 수정되어야 하는 것일까?

밀실 살인을 그린 『달의 문』이나 범인인 주인공이 처음부터 살인 계획을 알리고 책 한 권을 모두 그 실행에 할애한 『귀를 막고 밤을 달리다』, 『문은 아직 닫혀 있는데』 등 작가가 인기 추리 소설가로 이름을 드높이게 된 작품들은 특이하게도 처음부터 범행을 저지르는 입장에서 전체 줄거리를 전개시킨다. 『귀를 막고 밤을 달리다』와 같이 인간의 원죄의식을 다루는 꽤나 육중한 작품도 있다. 그에 비해 이 작품은 라이트 노벨이라는 평을 받을 정도로 일상적이며 유쾌하기까지 해서 이시모치의 그 외의 작품과 확연히 다른 새로운 느낌을 안겨 준다.

'R이 들어간 달'이란 것이 굴을 먹기에 적합한 달을 말한다는 내용을 첫 단편으로 시작해 원제에 대한 궁금증은 금방 해소되었다. 또 다른 흥미가 이는 것을 보면 제목을 수정할 필요는 없을지도 모른다는 생각도 들었다.

나가에, 구마이, 그리고 나는 대학 시절 술친구였다. 졸업 후에도 셋 다 도쿄에서 일하게 되어 기회가 있을 때마다 술자리를 갖곤 했다. 그런데 매번 같은 멤버만 모이다 보니 심심해져서 몇 년 전부터는 친구를 모임에 데리고 오기로 했다. 그 친구들과 새로운 화제로 얘기를 하다 보면 의외의 공통점을 발견하기도 해서 어느결에 분위기가 무르익었다.

이 작품은 7개의 단편이 연작으로 구성되어 있는데 매회 등장하는 세 명의 주인공들이 어떻게 모이게 되었는지에 대한 이야기가 반복된다. 또한 각 단편마다 술과 그에 맞는 안주에 연관된 각각의 에피소드가 펼쳐진다. 술이라면 사족을 못 쓰는 나쓰미를 화자로 해서 '악마 같은 두뇌를 가졌다'는 나가에가 각각의 사건 – 사실 사건이기 보다는 그들의 연애에 얽힌 사연이라는 것이 더욱 적절하겠다 – 을 예리한 관찰력과 뛰어난 상상력으로 치밀하게 추리하는 구성이다. 사소한 동작 하나, 툭 내뱉은 말 한마디를 단서로 판타지가 가미되지 않은 현실의 세모 네모 조각들을 제자리에 끼워 맞추며 퍼즐을 완성하는 것이다.

추리의 해설은 그들 – 나쓰미, 나가에, 구마이 – 의 티격태격하는 자연스러운 대사로 이어지는데, 마치 잘 만든 드라마를 보듯 흐름이 매끄럽다. 그러면서도 손님들의 사연에 세심한 배려를 잊지 않는 나가에에 의해 작품 안에 흐르는 따뜻함에 손을 녹이다 보면 어느새 나가에 같은 친구 하나 두어 마음까지 녹이고 싶은 기대가 생겨난다.

음식과 그 사연을 중심으로 한 스토리라면 일본에서 만화로 시작해 드라마와 영화로 제작된 『심야식당』과 같은 작품도 있지만, 이 소설은 음식과 사연에 젊은이들의 위트를 가미한 미스터리로 한층 업그레이드된 작품이다. 다시 만나기도 하고 그대로 떠나보내기도 하는 연애담이 어우러져 지금까지볼 수 없었던 줄거리와 구성을 가지고 때로는 코끝 찡하게, 때로는 웃음 짓게 만드는 굴곡이 일곱 편 안에서 제각각 완성된스토리를 선사한다.

눈앞에 놓인 술과 음식도 그들의 사연과 맞물리며 기가 막힌 조합을 이룬다. 싱글몰트 위스키와 생굴, 맥주와 치킨 라면, 백포도주와 치즈 퐁듀, 아와모리와 돼지고기 찜, 시즈오카사케와 볶은 은행, 브랜디와 메밀 팬케이크, 샴페인과 훈제 연어로 이루어진 메뉴에 '구루메 미스터리'라는 장르까지 거론되는 것을 보면 요즘 먹거리에 대한 관심사를 버무린 훌륭한소설 상차림이다.

그렇다고 이 작품이 소위 말하는 '먹방'처럼 단순히 먹고 마시는 것에 주력한 것은 아니라는 점을 강조하고 싶다. '구루메'보다는 사실 '미스터리'에 무게 중심이 쏠린 것이어서 일본의 독자들도 뛰어난 미스터리 작품으로 평가했다.

식품회사를 다니는 또 다른 주인공 격인 구마이는 탁월한 감각으로 멋진 술을 계속 소개해주다가 마지막 편에 가서는 우리에게 샴페인의 탁 쏘는 청량감을 선사한다. 작가 이시모치 역시 식품회사에서 근무했던 경험이 있는 걸 보면 자신의 페르소나로 설정한 것이 구마이가 아닐까. 더 자세한 설명은 독자들이 누려야할 즐거움을 반감시킬 수 있으니 작가가 장치한 구마이라는 존재에 관해서는 이쯤에서 언급을 마치는 것이 좋겠다.

처음에 몇 편을 읽었을 때는 일곱 편의 이야기가 순서 없이 나열되어도 좋겠다고 생각했지만 역시 작가가 배치한 순서를 따르며 읽는 것이 내용을 이해하는 데 무리가 없을 것이다. '악마 같은 두뇌를 가졌다'는 나가에의 시선으로 이끌어나가는 사건의 해결이 마지막 편에 가서는 나쓰미로 옮겨가는 등, 전체 구성에도 기승전결을 넣어 두었기 때문이다.

일본 독자들의 반응 중에 어떤 이는 출근길 전철에서 한 편씩 읽어도 좋을 작품이라 했지만 아마도 한번 읽기 시작한다면 내리는 전철을 지나칠지도 모른다. 나 또한 늦은 밤 읽기 시작해 한 편만 읽고 자려는 생각으로 책을 펼쳤다가 밤을 꼴

딱 새웠기 때문이다. 이시모치 아사미가 내 발 앞에 놓은 돌들을 밟고 개울을 건넜는데, 돌다리를 다 지나고도 계속 놓아둔 돌을 하나하나 밟고 가다가 건너편 산을 넘어 버렸다. 고개를 들고 보니 어느새 날이 밝아 있었다.

옮긴이 홍미화

일본 고베대학교 대학원에서 이중언어교육 석사 과정을 마치고 일본어 전문 번역가로 활동
중이다. 번역한 책으로는『여기는 아미코』『이 슬픔이 슬픈 채로 끝나지 않기를』『마지
막 기차는 너의 목소리』등이 있다.

나가에의
심야상담소

1판 1쇄 발행 2016년 5월 10일
1판 7쇄 발행 2018년 3월 12일

지은이 이시모치 아사미
옮긴이 홍미화

발행인 양원석
본부장 김순미
편집장 김건희
책임편집 지소연
디자인 RHK 디자인팀 남미현, 김미선
일러스트 집시
해외저작권 황지현
제작 문태일
영업마케팅 최창규, 김용환, 정주호, 양정길, 신우섭,
　　　　　　이규진, 김보영, 임도진, 김양석, 우정아

펴낸 곳 ㈜알에이치코리아
주소 서울시 금천구 가산디지털2로 53, 20층 (가산동, 한라시그마밸리)
편집문의 02-6443-8879　　**구입문의** 02-6443-8838
홈페이지 http://rhk.co.kr
등록 2004년 1월 15일 제2-3726호

ISBN 978-89-255-5860-8 (03830)